KB114243

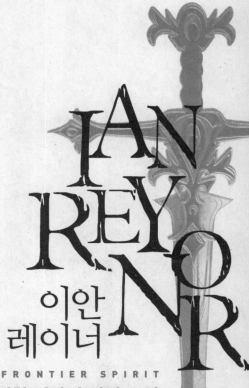

IAN REYNOR

이안 레이너

FANTASY FRONTIER SPIRIT

이휘 판타지 장편 소설

이안 레이너 2

이휘 판타지 장편 소설

초판 1쇄 찍은 날 § 2014년 2월 11일
초판 1쇄 펴낸 날 § 2014년 2월 19일

지은이 § 이휘
펴낸이 § 서경석

편집부장 § 권태완
편집책임 § 이효남

펴낸곳 § 도서출판 청어람
등록번호 § 제1081-1-89호
등록일자 § 1999. 5. 31
어람번호 § 제1-1780호

주소 § 경기도 부천시 원미구 부일로 483번길 40 서경B/D 3F (우) 420-822
전화 § 032-656-4452 팩스 § 032-656-4453
http://www.chungeoram.com
E-mail § chungeorambook@daum.net

ISBN 978-89-251-3721-6 04810
ISBN 978-89-251-3719-3 (세트)

FANTASY FRONTIER SPIRIT

이휘 판타지 장편 소설

IAN REYNOR

이안
레이너

2

도서출판
청람

IAN REYNOR

이안
레이너

CONTENTS

1장

애들아, 모여라

이안은 왕국의 영웅으로 불리던 헥토르 후작의 반란이 명분 없는 싸움이라 단정했다. 반란을 일으키려는 순간부터 헥토르 후작은 결정적인 한 가지를 해결해야만 한다.

그걸 위해서는 그가 평생을 걸고 막아내던 제국으로부터 지원을 받아야 가능했다.

'바로 기간트지. 그게 없으면 왕실의 공격을 막아낼 수 없을 테니까.'

이안의 생각대로였다. 헥토르 후작은 체이스 제국과 손을 잡았고, 그들로부터 기간트를 지원 받기로 약속한 상태였다.

그로서는 왕국으로부터 버림받았다고 생각했고, 당연히 살아남기 위해 체이스 제국과 손을 잡았을 것이다. 하지만 이안에게 그는 배신자이자 나라를 팔아먹으려는 매국노였다.

'헥토르 후작가가 보유한 기간트는 많아야 10여 대, 그리고 1군단에서 보유하고 있는 기간트가 40여 대다. 도합 50대로 중앙군의 공세를 막아낼 수는 없지.'

헥토르 후작이 락토르 왕국에서 떨어져 나가 독립을 하려면 적어도 150기 정도의 기간트는 있어야 할 것이다. 락토르 왕실이 보유한 기간트가 300여 대에 불과했으니 그 정도면 충분한 경쟁력을 갖출 수 있었다. 제아무리 헥토르 후작을 죽이고 싶어하는 국왕이라고 해도 나라의 운명을 걸고 모든 기간트 전력을 집중시킬 수는 없었다. 최대로 끌어 모아도 남부를 방어할 전력을 남기자면 200여 대가 최대치였다.

지이잉!

마법 수정구가 울리자 이안은 급히 마나를 불어넣으며 상대방이 누구인지 확인했다.

"10641백인대장 이안 레이너요. 통신을 넣은 분은 누구십니까?"

―나야, 토리.

"아! 너도 명령을 하달받았냐? 생존을 위해서 왕실의 명령을 거부하겠다는 선언도?"

—물론이다. 넌 어떻게 할 생각이냐? 트란실 중령의 명령을 거부하면 그 즉시 반란군들에 의해서 집중 포화를 받아야 할 판인데.

왕실에서 보낼 진압군은 아직 만들어지지도 않은 상태였다. 그들이 오려면 적어도 한 달은 있어야 하고 그 안에 반란을 거부하는 기사와 군인들은 반란군에 합류한 부대에 의해서 제거될 것이다.

"난 거부할 생각이다. 체이스 제국과 손잡을 헥토르 후작은 이제 영웅이 아니라 진정한 반역자가 될 테니까."

—음, 너도 알아챘구나. 역시 기간트가 문제겠지?

"확실할 거다. 1군단이 보유하고 있는 기간트로는 왕실이 보낼 진압군을 당해내지 못하니까. 수적으로 너무 불리한 상황에서 반란은 해보나마나야."

—일단 애들한테 사발통문은 다 보냈다. 바로 이야기할 거냐?

"아! 잠시 기다려라. 내가 알아서 조치할 테니."

—그래? 알았다.

토리가 기다리는 동안 이안은 다른 동기들이 있는 부대로 각기 마법 통신망을 열었다.

1:1통신만이 가능한 것을 레이첼의 마법서에 있는 방법을 동원하여 멀티 통신망을 구축한 것이다.

자신의 마법 수정구를 허브로 삼아서 각기 연결하여 모두가 마법 통신을 할 수 있도록 만들었다.

강한성이라는 이계의 인간이 가진 기억 속에서 그 힌트를 얻어냈다.

'이 세계의 사람들은 생각도 하지 못할 아이디어를 가진 그 존재는… 후! 달라도 너무 다르다.'

아주 작은 단편적인 기억만으로도 이런 것을 생각해 낼 수 있게 해준 고마운 존재였다. 그러나 그것이 너무 무섭게 느껴지는 이안이었다.

―오! 이거 좋은데?

―이안, 이거 어떻게 한 거냐? 나도 좀 알려주라.

―크크! 이걸로 사업하면 대박이겠다, 야!

오랜만에 서로 이야기를 나누게 된 동기들은 급박한 순간에도 웃음꽃이 피었다. 사내들의 우정이란 그 어떤 시궁창 같은 곳에서도 웃을 수 있게 만드는 힘이 있었다.

"아아, 조용!"

이안은 떠들고 있는 동기들의 수다를 중지시켰다.

―올! 우리 생도장님 무서운데?

―그러게 말이다. 크크크!

"이것들이 정말! 한번 만나서 자유 대련 좀 해볼까?"

―흐흐! 살려주라. 조용히 할 테니까.

친구들의 농담에 이안은 희미한 미소를 베어 물고 이야기를 시작했다.

"모두 명령은 받았지?"

―그래. 지금 어떻게 해야 할까 고민 중이다.

―이 형님도 마찬가지.

친구들은 반란군에 합류하라는 명령을 받고 고민에 휩싸여 있었다. 반란군에 합류하자니 반역자로 몰려 집안이 몰락하게 될 판이고, 거부하자니 대다수 반란에 합류할 저들에 의해서 죽게 될 것이다.

"난 거부할 생각이다."

이안은 단호하게 자신의 생각을 밝혔다. 그 말에 동기들은 잠깐 동안 침묵을 지켰다.

―어떻게 하려고? 바로 진압당할 텐데.

"헥토르 후작이 1군단과 자신의 가문의 힘만으로 반란을 일으키는 거라면 합류할 의사도 있었다. 하지만 그는 체이스 제국과 손잡았을 확률이 크다. 아마도 내 말대로 될 거야."

말은 그렇게 했지만 자신이 발견한 것들과 그것을 가지고 꿈꿀 미래를 이 반란으로 날릴 수 없다는 것이 이안의 다짐이었다. 친구들에게 거짓말을 해야 하는 것이 미안했지만 지금으로서는 별다른 방법이 없었다.

―그건 나도 인정한다. 기간트 전력에서 확연하게 밀리는

1군단이 살 수 있는 방법은 그것뿐이니까.

맥컬리의 말에 다른 친구들 역시 동의하는지 침묵을 지켰다.

"체이스 제국과 손을 잡는 것은 이 나라 락토르의 정통성을 부인하는 행위다. 난 결코 인정할 수 없다. 그래서 난 반란군과 싸울 것을 건의한다."

이안이 반란군의 반란에 역반란으로 맞서자고 말하자 마법 수정구에 나타난 친구들의 표정에 놀람의 빛이 역력했다.

─방법은 있는 거냐?

"믿어라. 결코 실망시키지 않을 테니까."

이안이 하는 말에 모두 선뜻 말을 하지 못했다. 그러나 아카데미 시절부터 단짝이던 맥컬리의 말에 모두가 웃고 말았다.

─그래, 한번 해보자. 친구 녀석하고 함께 죽는다면 그것도 나쁘지는 않겠지.

─크크크! 그래, 친구들과 함께 죽는다면 최소한 외롭지는 않겠네. 나도 찬성이다.

─나 역시!

친구들이 모두 찬성을 표시하자 이안은 빙그레 미소를 지으며 자신의 생각을 이야기했다. 친구들이 부대를 이끌고 합류할 곳을 알려주고, 그곳으로 자신이 데리러 가겠다는 말을 끝으로 통신은 마무리되었다.

"모두 정렬!"

피터 조장은 부대원을 빠짐없이 집합시키라는 이안의 명령에 경계 병력까지 모두 빼서 집합시켰다.

"모두 집합했나?"

"충! 열외는 한 명도 없이 다 모였습니다."

"그래, 내가 집합하라고 한 이유가 궁금할 것이다. 이유를 지금부터 이야기할 테니 모두 귀담아듣도록."

이안의 표정이 딱딱하게 굳어 있는 것에 피터 조장을 위시한 10641백인대의 병사들은 일체의 소리를 내지 않고 부동자세로 이안의 말을 기다렸다.

"오늘 아침 군단사령부로부터 명령이 하달됐다. 그 명령은… 더 이상 1군단은 락토르 왕국의 명령을 거부한다는 것이다."

"헉! 그게 정말이십니까?"

상관의 말이 끝나지도 않았음에도 끼어든다는 것은 상당한 무례를 범하는 것이다. 하지만 모두의 눈에는 끼어든 피터 조장과 같은 의문이 엿보였다.

"사실이다. 지금 우리는 반란군의 신분이다."

"아아……."

반란군이 되어도 반란에 성공한다면 다행이다.

그렇지 않을 경우 일반 병사들의 경우에는 반란이 진압되고 난 후 노예로 팔려갈 확률이 매우 높았다.

물론 그것도 살아남았을 경우에 해당하는 이야기에 불과했다.

"대장님!"

"말하라."

"대장님께서는 어떻게 하실 생각입니까? 반란군에 이대로 합류하실 겁니까?"

맥기가 묻는 말에 이안은 고개를 가로저으며 말했다.

"아니! 난 반란을 거부하기로 했다. 하지만 내 생각을 귀관들에게 강요하고 싶은 생각은 없다. 그래서 이렇게 모이게 한 것이다."

이안은 병사들 중에 반란군에 합류하고자 하는 자는 내보낼 생각이었다.

대다수가 반란군에 합류한다면 자신만 따로 떨어져 나가서 헬카이드의 배꼽에 있는 던전으로 가서 친구들과 함께 숨을 생각도 하고 있었다.

"결정은 어떻게 내려지던 결코 귀관들에게 불이익은 돌아가지 않을 것이다. 내가 반란을 거부했다고 해서 귀관들도 그렇게 해야 한다는 법은 없으니까 말이야. 30분의 시간을 줄테니 그동안 생각을 해보고 결정을 내려라. 반란군으로 합류할 사람은 결정을 존중하여 보내주겠다. 반대로 싸우기를 원하는 병사들은 나와 함께 죽음을 각오하고 반란군에 맞서야 할 것이다."

이안의 말에 병사들은 침묵을 지켰다. 대장의 권위로 명령을 내렸다면 병사들은 모두 그대로 따라야 했을 것이다. 그럼에도 자신들의 의견을 존중해 주겠다는 이안의 말이 가슴이 뜨거워졌다.

"그럼 30분 뒤에 보지."

이안은 그렇게 말을 남기고 연병장에서 벗어났다. 그가 사라지고 난 뒤에도 병사들은 생각하느라 한동안 말이 없었다.

반란군에 합류를 하느냐, 아니면 반란군의 반란에 역으로 반란을 일으키느냐를 정하는 것은 결코 쉬운 일이 아니었다.

"지미, 어차피 죽어야 할 거라면 반란군이라는 오명을 뒤집어쓸 필요는 없잖아! 다들 안 그래?"

맥기가 버럭 소리를 지르며 말했다. 병사들은 고민을 거듭하다 맥기의 말에 동감한다는 듯이 고갯짓을 해댔다.

아마 그들도 죽음을 각오해야 할 일이라는 것 때문에 결정을 망설이고 있던 것이다.

"그리고 우리 대장님이 어떤 분인지 다들 알잖아? 쉽게 당할 분이 아니라고. 그럴 분이었으면 지난 몬스터 웨이브 때 죽었겠지. 내 말이 틀려?"

"맞다. 대장님이라면 올바른 결정을 내렸을 거라 믿는다.

나 역시 대장님과 함께한다."

부사관 중에서 제일 짬밥이 높은 피터 상급 서전트가 가슴을 한차례 강하게 치며 말했다. 그러자 그의 밑에 소속되어 있는 병사들이 입을 모아 외쳤다.

"떠그럴! 조장님이 그러면 우리도 무조건 따라가야 하는 거잖아요! 에이씨! 나도 대장님 따라갈라요!"

병사들은 짧은 시간이었지만 확실한 리더십과 인간적인 대우를 해준 이안을 따르기로 결정했다.

어차피 죽을 거라면 똥물에 빠져 죽기보다 맑은 강물에 빠져 죽는 것을 모두 선택한 것이다.

"대장님 나오신다.. 부대 정렬!"

맥기의 구령에 부대원들이 차렷 자세로 이안을 맞이했다. 그들의 강인한 투지가 엿보이는 눈빛을 보며 이안은 자신도 모르게 고갯짓을 하며 당당하게 어깨를 폈다.

"모두 결정은 내렸나?"

"물론입니다!"

"어떤 결정인지 들을 수 있겠나?"

"저희들은 대장님을 따르기로 했습니다."

"맞습니다! 단 한 명도 열외 없이 대장님과 함께 반란군 새끼들을 조질 겁니다!"

맥기와 피터가 단호한 결의를 내보이며 하는 말에 이안은 약간이지만 목이 메는 것을 느꼈다.

분명 죽을 것을 알면서도 이런 결정을 내려준 부대원들이 고마웠다.

"좋다, 그대들의 마음, 이 이안 레이너가 받겠다. 모두 고맙다."

"흐흐! 별말씀을 다 하십니다."

"이 피터만 믿으십시오. 다른 부대 서전트들에게도 한번 연락을 취해보겠습니다."

피터는 사라진 험프리 다음으로 오랜 시간 동안 군문에 몸담았던 사람이다.

그가 연락을 취한다면 주변 부대의 서전트 중에서 반란에 반대하는 자들이 합류할 수도 있을 것이다.

'제일 먼저 해야 할 것은 애들을 이곳으로 데리고 오는 거겠지.'

친구들이 홀로 오지는 않을 것이다. 역시나 자신이 했던 것처럼 부대원들에게 반란에 대항한다는 것을 알리고 합류하는 자들만 데리고 이안이 있는 곳으로 오고 있었다.

가장 싸우기 좋은 장소를 고르다 보니 이안이 있는 지역이 적격이라는 판단이 내려졌다.

"가장 문제가 되는 건 역시 107사단 지역에 있는 맥컬리인데……."

맥컬리와 그 부대를 데리고 오는 문제가 가장 큰 위험부담을 안고 있었다. 40km 정도 떨어진 곳에서 반란군 부대가 첩첩산 중으로 싸인 곳을 돌파하는 문제는 결코 쉽지만은 않았다.

'이 문제부터 해결해야겠어.'

이안은 자신이 직접 움직여야 할 때라는 생각에 우선 문제 해결에 도움을 줄 수 있는 리갈 마을로 달려갔다. 그곳의 사냥꾼들은 그 누구보다 헬카이드의 지리를 잘 알고 군대도 파악하지 못한 그들만의 이동로를 가지고 있었다.

"누구… 아! 대장님이시군요."

리갈 마을의 목책은 많이 복구된 상황이었다. 여전히 많은 부분이 부서져 있었지만 적어도 앞쪽은 깨끗하게 복구되어 자경대원 두 명이 지키고 있었다.

"촌장님을 만나러 왔네. 안에 계시는가?"

"물론입니다. 들어가십시오."

자경대원은 존경 어린 시선으로 이안을 맞이하며 문을 열었다.

빠르게 문을 통과하여 마을 안으로 들어간 이안은 지난번의 기억을 되살려 마을회관부터 찾았다.

'누가 이런 상황에 온 거지?'

마을회관 앞에 도착한 이안은 의외의 사람들이 머무르고

있는 것에 의아해했다.

반란이 일어나고 곧 중앙에서도 그 반란을 진압하기 위해
병력을 일으킬 판이다. 그 아수라장이 될 상황에 한가롭게 산
간 오지 마을에 와 있는 자들의 정체가 의심스러웠다.

"누구냐?"

마을회관으로 접근하자 검을 들고 있는 자들이 일제히 의
심스런 눈빛으로 이안을 막아섰다.

"난 기사 이안 레이너다. 그러는 그대들의 정체는 뭔가?"

이안의 말에 검을 든 자들이 같이 있던 자경대원들에게 시
선을 돌렸다. 그러나 이내 이안의 말이 맞는다는 것을 알게
되었다.

"대장님, 오셨습니까. 연락을 주셨으면 마중이라도 갔을
텐데 말입니다."

자경대장은 지난번 이안의 구함을 받은 이후 열렬한 추종
자가 되어 있었다.

특히 수많은 몬스터의 가죽을 마을의 보수를 위해 준 것이
기폭제가 되어 마을 사람들도 전부 이안을 존경했다.

"키른 대장도 잘 있었소? 그런데 저들은 누구요?"

"아! 상단의 호위무사들입니다. 저기 분들은 용병이라고
하더군요."

"상단? 이 상황에 상단이라……. 대단한 분들이시군."

"무슨 안 좋은 일이라도 벌어진 겁니까?"

자경대장의 물음에 이안은 묵묵히 고개를 끄덕였다. 그 모습을 지켜본 상단 호위무사 가운데 하나가 앞으로 나섰다.

"무슨 일인지 알 수 있겠습니까? 기사 분께서 걱정하실 상황이라면 큰일이 벌어진 거 같은데 말입니다."

"반란이오."

"컥! 바, 반란이라니? 그게 무슨 소립니까?"

"헥토르 후작이 왕실의 명을 거부하겠다는 선언을 했소. 지금 이 지역은 반란을 일으킨 지역이 된 셈이지."

이안의 말에 놀란 자경대장은 수하를 시켜 얼른 촌장을 데리고 오게 했다. 그와 함께 중후한 인상의 상인이 호위무사 한 명과 함께 바깥으로 나왔다.

"이안 대장님, 그게 정말입니까? 반란이 일어났다는 게 말입니다."

"그것 때문에 촌장을 찾아왔는데 손님이 계신 듯하니 나중에 따로 봅시다."

"아닙니다. 우선 소개해 드리겠습니다. 여기 이분은 샤르딘 상단의 상단주이신 샤르딘 아보트 준남작이십니다."

"샤르딘 아보트요."

"이안 레이너입니다."

서로 인사를 주고받는 가운데 샤르딘 상단주의 얼굴에 당혹

감이 어려 있음을 알 수 있었다. 반란이 일어나고 그 반란군이 장악하고 있는 지역에 고립된 상단의 운명은 너무나 뻔했다.

'모든 것을 빼앗기고 죽게 되겠지. 반란군에 협조하게 되면 그 말로야 더욱 뻔한 상황이고.'

샤르딘 준남작이 왜 반란이 일어났는지를 알고 싶어하는지 이안은 너무나 잘 알고 있었다.

"이안 경, 반란이 일어났다는 것이 사실입니까?"

"헥토르 후작이 반란을 일으킨 것은 사실입니다. 군단사령부에서 어제부로 내려온 명령이 그렇습니다만."

"이, 이런…… 그런데 이안 경은 헥토르 후작이라고 칭하는 것을 보면 반란에 동조하지 않는 모양입니다?"

"당연합니다. 기사로서, 이 나라 락토르의 군인으로서 절대 있어서는 안 될 일이라 판단했습니다. 해서 저와 제 휘하의 부대는 죽음을 각오하고 싸울 생각입니다."

"그, 그렇군요."

샤르딘 준남작은 무모한 결정이라 생각했다.

반란을 일으킨 헥토르 후작의 영역에서 그의 휘하의 군세만 15만이 넘어가는 상황이다. 1군단을 제외한 주변의 영주들도 가세할 것이기 때문이다.

"후후, 무모하다고 생각하십니까?"

"허허허, 그렇게 생각하는 것이 당연한 거 아니겠소?"

"하기야 그렇겠지요. 일반적인 생각이라면 당연히."

이안의 자신감 넘치는 모습에 샤르딘 준남작은 뭔가 이상한 느낌을 받았다. 보기에 이제 막 기사 서임을 받은 나이로 보이는 이안이 너무도 당당한 것이 마음에 파문을 던진 것이다.

"지금쯤 반란 사실이 중앙에 알려졌을 겁니다. 샤르딘 준남작님도 속히 빠져나가셔야 할 겁니다. 그럼."

이안은 그렇게 말하고 촌장에게 눈짓으로 따로 보자는 신호를 보냈다.

"흠흠! 아보트 준남작님, 소인은 이안 대장님과 할 이야기가 있는지라. 죄송합니다."

"아닐세. 그런데 나도 같이 들으면 안 되겠소? 내 레이너 경을 보니 뭔가 믿는 구석이 있는 것 같아서 말이오."

"죄송합니다. 아직 적아의 구분이 모호한 상황에서 제 정보를 알리고 싶지는 않군요."

"으음, 나는 웰링턴 백작가의 가신이기도 하오. 그러니 믿어도 될 것이라 생각하는데 어떠시오?"

"웰링턴 백작가라면… 아! 그러시군요."

웰링턴 백작가는 왕당파의 중추 가문 중 하나이다. 그런 가문의 가신이라면 결코 헥토르 후작의 편에 설 이유가 없었다.

그러나 재상가와 연결된 웰링턴 가는 자신의 적이기도 한 탓에 어느 정도의 선은 그어야 할 것이다.

"일단 들어가시죠."

"고맙소."

샤르딘 준남작과 그 수행원을 동반하여 마을회관 안으로 들어갔다. 자경대장과 사냥꾼들의 우두머리까지 하여 꽤 많은 인원이 모여든 상태였다.

"모두 주목해 주시기 바랍니다."

샤르딘 준남작까지 있는 터라 최대한 예의를 갖춰서 이야기했다.

걱정 어린 눈빛을 하는 샤르딘 준남작과는 다르게 촌장 이하 사람들은 별다른 걱정을 하지 않는 모습을 보였다.

"나와 아카데미 동기들은 이번 반란을 거부하기로 했습니다. 그 수는 많지 않지만 적어도 쉽게 당하지는 않을 겁니다. 우선 이 지역의 백인대부터 정리하면서 동료들이 합류하면 지키는 것은 문제없다는 판단입니다."

"동료들이 어느 정도나 되는지 알 수 있겠소?"

샤르딘 준남작은 탈출은 불가능하다는 생각에 이안에게 약간의 모험을 걸 생각을 하고 있었다.

그러니 자연 꼬치꼬치 물을 수밖에 없었고, 다른 이들은 둘의 대화를 통해 상황을 파악할 수 있었다.

"모두 다섯 명입니다. 비록 숫자는 많지 않지만 다들 뛰어난 친구들이니 이곳을 거점으로 삼아 방어에만 전념한다면 충분히 버틸 수 있습니다."

"그럴 수도 있겠지만 기간트는 어떻게 막을 생각이오? 동부군단에 기간트가 50대는 있을 텐데 말이오."

샤르딘 준남작의 말에 이안은 그 말이 왜 안 나오나 싶었다. 이들을 확실하게 끌어들이려면 믿을 수 있는 수단을 밝혀야 할 것이다.

"기간트가 있습니다. 그러니 소규모 토벌군이라면 충분히 막아낼 수 있습니다."

"저, 정말이오, 기간트가 있다는 말이?"

믿어지지 않는다는 샤르딘 준남작의 물음에 이안은 단호하게 고개를 끄덕였다.

"사실입니다. 그러니 동료들만 합류하게 할 수 있다면 충분한 전력을 만들어낼 수 있다고 봅니다."

"으음, 그렇구려."

샤르딘 준남작의 질문이 모두 끝나자 이제는 촌장에게 시선을 돌린 이안이 물었다.

"촌장은 어떻게 생각하시오? 나를 도와서 싸우겠소, 아니면 헥토르 후작의 반란에 동조하겠소?"

이안의 물음에 당연하다는 듯이 촌장이 대답했다.

"우리 마을 사람들은 대장님을 따르겠습니다. 어차피 대장님이 아니었다면 지난 몬스터 웨이브 때 전멸했을 사람들입니다. 허허허!"

촌장이 당연하다는 듯이 승낙하자 샤르딘 준남작은 의외라는 표정으로 두 사람을 번갈아 보았다.

'어떤 점이 저리도 확고한 신뢰를 가지게 한 것일까? 저 젊은 기사의 어떤 점을 보아서……. 기간트를 가지고 있다고 해도 얼마나 버틸 수 있을지 모르는 상황이거늘.'

샤르딘 준남작은 고개를 흔들었다. 아무리 생각해 봐도 이안을 믿고 신뢰하는 촌장과 마을의 수뇌부들이 이해가지 않았기 때문이다.

"내 동료들과 그 부하들을 이곳으로 인도해 줄 길 안내자들이 필요하오. 해서 말인데, 촌장이 그 부분을 해결해 줄 수 있겠소?"

"물론입니다. 이 근처 지리를 우리보다 잘 아는 사람은 없을 겁니다. 맡겨주십시오."

"고맙소. 내가 어디로 가야 하는지 알려줄 것이니 발이 빠르고 길을 잘 아는 사냥꾼 네 명만 부탁하리다."

그 부탁 외에 리오스 강을 운항할 수 있는 작은 배에 대해서 물었지만 산골의 리갈 마을에서는 배에 대한 것은 몰랐다.

"그 점은 내가 해결해 줄 수 있을 듯싶은데 말이오."

갑자기 끼어든 샤르딘 준남작을 보며 이안은 어서 말해보라는 듯 눈빛을 빛냈다.

"크흠! 그게 우리 상단이 타고 온 캐릭선이 리오스 강 지류에 정박해 있소. 그걸 이용한다면 되지 않겠소?"

"캐릭선이라면……. 무엇을 원하십니까?"

이안의 물음에 샤르딘 준남작은 자신이 원하는 바를 이야기했다.

"내가 원하는 것은 우리의 안전이오. 어차피 리오스 강도 반란군에 의해서 끊길 것이 분명하니 우리가 이곳을 나갈 수 있는 방법은 없소. 그러니 나를 비롯한 상단의 무사들도 같이 싸울 생각이오. 그러니 우리의 안전을 위한 거라 생각하면 될 거요."

"그래 주신다면 감사할 뿐이죠."

이안은 별다른 조건 없이 싸우는 것에 끼워달라는 말이라 가벼운 마음으로 승낙했다. 한 사람이라도 싸울 수 있는 사람이 필요한 상황에서 상단의 무사들이라면 큰 힘이 되어줄 것이다.

뿌웅! 뿌우웅!

요새의 감시탑에서 감시병의 뿔고동 소리가 울려 퍼졌다. 병사들은 만약의 상황에 대비하여 연병장으로 모여들고 몇몇 궁병들은 목책 위로 올라가 활을 준비했다.

'벌써 진압하러 왔나? 그러기에는 시간이 너무 이른데…….'

반란군에 동조할 수 없다는 선언은 하지 않았다. 시간을 벌어야 하는 입장에서 그런 선언은 주변 부대의 공격을 야기하는 멍청한 짓거리에 불과했다.

"무슨 일인가?"

감시탑을 향해 외쳐 묻자 감시병이 손을 모아 외쳤다.

"10642부대의 깃발입니다!"

"10642? 그놈들이 왜……?"

이안은 바로 옆에 주둔하고 있는 10642백인대의 출현에 미간을 모으며 고민했다.

그러나 저들이 어떤 판단을 했는지 모르는 상황이기에 우선 그 진의를 알아야 했다.

"나는 10642 백인대장 보카드 틸라크다! 너희 대장은 어디에 있는가?"

요새에서 적당히 떨어진 곳에 부대를 멈춘 뒤 보카드 틸라크라는 기사가 나섰다.

그는 이안이 본 적 없는 기사로 꽤 오랫동안 동부군단에서 복무한 이였다.

'잘됐다. 어차피 주변 부대를 공격하여 병력을 충원할 생각이었는데 말이야.'

이안은 말단 병사들이야 얼마든지 구스를 수 있다고 판단했다. 기사와 서전트들만 제거한다면 나머지는 피터와 맥기 등을 내세워 회유하면 그만이었다.

"내가 이안 레이너요. 틸라크 경은 무슨 일로 오셨습니까?"

"동부군의 혁명에 반하는 무리가 있으니 서둘러 토벌하라는 군단사령부의 명령이 떨어졌다!"

"흠, 그게 무슨 말인지 모르겠소만."

"닥쳐라! 네놈과 네놈의 동기들이 작당하여 동부군의 혁명을 거부하기로 했음을 우리가 모를 줄 아는가!"

"큭! 벌써 알아내다니 대단하군. 그래서 어떻게 할 생각인가? 우리 부대를 공격하기라도 할 것인가?"

이안의 물음에 틸라크는 뭔가 중대한 말이라도 하려는 듯이 폼을 잡으며 말했다.

"곧 10643백인대를 비롯한 다섯 개의 백인대가 모일 것이다. 그때 요새를 공격할 것이니 그전까지 항복할 시간을 주겠다. 무모한 결정으로 부하들을 죽음으로 내몰지 않기를 바란다. 이상!"

말을 마친 틸라크는 자신의 부대가 있는 곳으로 돌아가 버렸다. 한동안의 정적이 흐른 후 피터가 팔짱을 끼고 있는 이안에게 말했다.

"대장님, 지금이라도 공격하는 것이 어떻겠습니까? 저자만 제거하면 나머지 병사들은 저희들이 나서서 회유하겠습니다."

피터의 자신 있는 모습에 이안은 잠깐 고민하다가 대답했다.

"한 번에 정리하도록 하지. 내게 딱 한 번 정도 사용할 수 있는 방법이 있으니까 그리 알도록 해. 저들이 기사라면 꼭 통할 테니까 말이야."

"흐흐! 무슨 말씀이신지 알겠습니다."

피터는 이안이 생각하는 방법이 무엇인지 알 것 같았다. 그 생각을 하자 절로 웃음이 나왔다.

'녀석들이 모두 부대를 이끌고 이탈한 모양이군. 그 사실이 알려지자 이곳 역시 알아낸 것일 테고.'

그렇게 생각은 했지만 그렇다고 하기에는 너무 빠른 움직임이었다. 뭔가 석연치 않은 구석이 있다는 것에 찜찜함을 느꼈지만 지금으로써는 감수해야 할 부분이었다.

'훗! 드디어 다 모였는가?'

이안은 다섯 개 백인대의 병력이 모두 모이자 목책 위에 팔짱을 끼고 서서 묘한 미소를 지어 보였다.

"최후통첩이다. 이 시간 이후로 항복하는 것은 받아들이지 않는다. 가부간에 결정하라. 항복인가, 아니면 죽겠는가?"

틸라크가 기사들의 선임인지 가장 앞으로 나와 걸걸한 음성을 토해냈다. 그의 좌우로 늘어선 기사들은 다들 이안과는 다르게 오랜 시간 기사로 동부군단에서 복무한 자들로 보였다.

"이안 레이너요."

"말하게."

"나는 기사로서 락토르 왕국에 반기를 드는 행위를 용납할 수 없소. 해서 거부한 것이지만 부하들의 경우는 또 다르다고 생각하오. 해서 제안을 하겠소."

"제안이라……. 해보게."

"나는 기사로서 선배 기사 분들에게 생사투를 제의하오. 나와 선배 기사들의 싸움으로 모든 것을 결정하도록 합시다."

"일기토를 청하는 것인가?"

"아니. 선배 기사들 모두와 싸우기를 원하오. 내가 죽더라도 명예로운 기사로서 죽을 수 있게 도와주시오."

"흐음. 그 제안, 받아들이겠다."

틸라크는 이안이 자신들과 겨뤄서 죽는 것을 선택했다고 여겼다. 그게 아니라면 홀로 자신들 다섯과 싸우겠다고 나서지는 않을 것이라 판단한 것이다.

"그럼 나가겠소."

"오라! 후배의 명예로운 행동을 우리 다섯이 기억하겠다!"

틸라크가 검을 뽑아 들며 말하자 나머지 기사들도 적당한 거리를 유지하며 벌려 섰다. 그들 앞에 이안이 당당하게 나섰다.

2장

우리는 끝까지 싸우겠다!

병사들은 기사의 명예를 걸고 싸우려 하는 여섯 사람에게 시선을 떼지 못했다. 주군을 위해 싸우는 자와 조국을 위해 홀로 맞서는 용기 있는 행동이 그들의 마음을 흔들어놓았다.

"선공을 양보하겠다. 오라!"

틸라크가 손가락을 까닥이며 이안에게 선공을 양보했다. 숫자상으로도 그렇고 나이로 보아도 선배인 탓에 먼저 검을 쓰기 저어하는 것이다.

"그럼 먼저 갑니다. 타앗!"

이안은 거창하게 기합성을 토하며 다섯 기사의 중앙으로

치고 들어갔다.

"브레이브소드 7식 트리플 슬래쉬!"

후웅! 쉬쉬쉭!

세 줄기의 마나소드가 거친 바람을 가르며 기사들에게 날아들었다. 그 공격에 약간은 경시하는 마음을 먹고 있던 기사들이 깜짝 놀랐다.

"상급 이상이다!"

"최선을 다해!"

기사들은 이안의 검에서 맺힌 마나소드의 길이와 그 흉험한 기세를 느끼고 마나를 격발시키며 일제히 치고 나왔다. 체스트 검술은 방어와 공격이 훌륭하게 조화를 이룬 검술이다. 일부분에서는 그저 기사들이 익히는 기본 검술 정도로 폄하하기도 하지만 그것은 검술에 담긴 오의를 제대로 파악하지 못한 자들의 이야기일 뿐이다.

"타앗!"

"흐랏!"

중급의 익스퍼트들이 모든 마나를 집약하여 만들어낸 마나소드가 날아가는 이안의 마나소드를 막아섰다. 세 명이 동시에 투입되고 나서야 겨우 막아설 수 있었고, 좌우 끝에 있던 이들은 이안의 양 허리를 노리고 검을 베어 들어왔다.

"브레이브소드 4식 더블 크로스!"

양쪽으로 두 개의 교차된 마나소드를 만들어내어 막는 수비식이 펼쳐졌다. 환영에 가까운 검식이지만 지독한 빠르기로 만들어낸 검세는 그대로 기사 둘의 공격을 봉쇄하기에 충분했다.

　투캉! 카캉!

　마나소드와 마나소드가 부딪치며 만들어낸 충격파로 인해 팔이 저린 두 사람은 급히 뒤로 물러섰다. 그것은 처음의 공격을 받아낸 세 사람도 마찬가지였다.

　"인간의 힘이 어찌……."

　"최선을 다해라. 우리 실력보다 윗줄이니."

　틸라크는 선임 기사로서 최선을 다하라고 주문하며 이를 앙다물었다. 10년째 평기사로 굴러먹고 있는 자신이라지만 중급의 익스퍼트로 올라선 이후 검 좀 휘두른다고 자부하고 있는 참이다. 해서 곧 동부군단의 스트라이드 기사단에 지원할 생각이기도 했다.

　'내가 힘에서 밀리다니…….'

　도저히 인간으로서는 낼 수 없는 힘이었다. 세 사람과 연달아 검을 부딪쳤으면 처음은 몰라도 세 번째에서는 힘이 모자라야 정상이다. 그럼에도 세 번째 사람마저 뒤로 물러서게 만드는 것은 괴력이라고 불러야 할 것이다.

　"하압! 브레이브소드 9식 라이징소드!"

후웅! 슈슈슈슈슛!

도합 다섯 줄기의 검파가 밀려나갔다. 지독한 수련의 끝에 만들어낸 다섯 줄기의 검파였고, 지면으로 밀려나가는 강력한 검세에 기사들은 물러서거나 피하려는 모습을 보였다.

서걱! 카가각!

기사 하나가 솟아오르는 검파를 이겨내지 못하고 지독한 검상을 입고 뒤로 튕겨져 나갔다. 나머지는 어찌어찌 막았지만 연이어 쇄도해 들어온 이안의 강격에 검으로 막으려다 그대로 무너져 내렸다.

'이제 셋!'

이안은 더욱 강력하게 밀어붙여 병사들의 혼을 빼놓을 생각이다. 저항할 엄두도 내지 못하게 만드는 것이 나중을 위해서 유리했다.

파앙! 스스슛!

강하고 신랄한 검세를 유지한 채 한쪽을 몰아치다 순식간에 방향을 바꿔 공격해 오는 기사를 연환식으로 두들겼다.

낭창낭창 휘어지듯 떨어져 내리는 검세에 여러 곳에 검상을 입고 막아내기에 급급했다.

동료를 구하기 위해 다른 기사들이 달려들면 한차례 강하게 밀어내며 시간을 벌고, 순간적인 움직임으로 빠져나가며 반격하자 서서히 세 기사는 선혈이 낭자한 모습으로 변해갔다.

"허억… 허억……!"

"무, 무서운 검술……."

기사들은 동시에 달려들어 이안을 잠깐 물러서게 한 뒤 숨을 몰아쉬었다.

그들은 자신의 실력이 너무나도 보잘것없다는 것에 자괴감을 느끼고 있었다.

까마득한 후배 기사의 실력은 하늘을 높은 줄 모르고 높았고, 평생 열심히 수련했다고 자부하는 자신들은 바닥을 기고 있다고 생각하니 부끄러움에 검을 들고 있는 것도 힘들었다.

"계속하시겠습니까?"

이안은 숨 하나 흐트러지지 않은 모습으로 겨우 서 있는 세 사람에게 말했다.

"후욱! 하아아! 비록 조국에는 부끄러우나 나는 여전히 기사다. 마음속으로 주군으로 모신 분을 위해서 싸우다 죽는 것이 나의 임무. 그러니 후배는 최선을 다해 싸워주게."

틸라크의 어투가 정중하게 변해 있다. 처음의 깔보던 것에서 이제는 진정으로 뛰어난 검사와 싸운다는 것을 인정하는 어투로 변했다.

"그런 마음이시라면… 최선을 다하겠습니다."

"부탁하겠네."

죽음을 각오한 듯한 틸라크의 눈빛에서 강렬한 투지가 샘

솟듯 솟아오르기 시작했다.

그의 기운이 남은 두 사람에게도 전해졌는지 그들 역시도 자괴감을 떨쳐내고 한 사람의 검사로서 본연의 모습을 되찾았다.

"그럼 가네!"

"마지막 일격이다!"

기사들이 일제히 합을 맞추며 치고 나왔다. 그들은 온몸을 던져서라도 적을 격살하겠다는 의지를 불태우며 좌우로 베어 들고 중앙에서 찌르기 공격으로 일격필살의 검식을 펼쳐냈다.

'최고의 한 수로 응답하는 것이 예의!'

이안은 죽음을 도외시한 세 사람의 검세에 진정을 담아 마지막 검식을 펼쳐냈다.

터질 듯이 부풀어 오른 근육을 쥐어짜 내듯이 힘을 끌어올린 이안의 몸이 폭발적인 기세로 튀어나갔다.

"브레이브소드 12식 디스트로이어!"

후앙! 고오오오오!

검과 이안의 신형이 하나로 합쳐지며 그대로 세 사람의 공세를 뚫고 들어갔다.

세 사람의 검에서 일어났던 마나소드가 갈가리 부서져 나가고 그들이 들고 있던 검마저 가루가 되어 흩어져 내렸다.

중앙에서 공세를 지휘하던 틸라크를 관통하듯 지나친 이 안의 신형이 한곳에 나타났을 때 세 사람의 육신 역시 한곳에 멈춰 서서 미동도 하지 않았다.

휘릿! 철컥!

검을 한차례 원을 그리듯이 예를 표한 이안이 검갑에 납검하자 뒤에 서 있던 세 사람의 신형이 허무하게 무너져 내렸다.

"부디 좋은 곳에 가시길……."

이안은 죽은 세 사람을 뒤로하고 멍하니 서 있는 500명의 병사들을 향해 걸어갔다.

"와아아아!"

"대장님이 승리하셨다!"

10641백인대 병사들은 이안의 승리에 환호성을 울렸다. 자신들의 대장이지만 일 대 오의 대결을 압승으로 이끌어낸 것이 너무도 자랑스러운 것이다.

"조용!"

이안은 병사들 앞에 서서 손을 들어 환호성을 제지시켰다. 괜히 적을 격동시켜 싸우지 않아도 될 상황을 나쁘게 만들 이유는 없었다.

"들어라!"

이안이 소리치자 적병들은 동요를 멈추고 자신들의 대장

을 죽인 적군의 기사에게 시선을 집중했다.

"너희들은 이번 반란을 어떻게 생각하느냐?"

강한 어조로 묻는 이안의 물음에 병사들은 의외라는 반응을 보였다. 병사들은 시키면 따르는 존재로 저런 물음이 필요하지 않은 자들이었다.

"헥토르 후작의 반란이 고작 국왕의 실정에 들고일어나는 것으로만 생각하느냐는 말이다!"

"……."

병사들은 묵묵부답 아무런 대답이 없었다. 그들로서는 국왕이 실정을 저질러 동부군의 영웅인 헥토르 후작을 치려고 한다는 것만 알고 있는 상황이다.

"어리석은 자들아, 그대들은 머리를 그저 장식품으로 달고 있느냐! 생각하고 또 생각하라. 우리의 영원한 적국 체이스 제국의 지원을 받은 순간 헥토르 후작은 매국노에 불과하다. 너희는 그 체이스 제국의 앞잡이가 된 헥토르 후작의 병사가 된 것이란 말이다!"

적국, 그것도 락토르 왕국이 생겨난 이래 계속해서 공격을 가해온 영원한 적국이 체이스 제국이다.

무수한 선조들의 피를 흐르게 만들었고, 그 피해를 받지 않은 이가 락토르 어디에 있을 것인가. 그 체이스의 앞잡이가 되었다고 하는 이안의 말에 반란군 측의 병사들에게서 심한 동요가 일었다.

"말도 안 되오! 헥토르 후작은 그럴 분이 아니시오!"

"맞소! 동부군의 영웅이신 후작 각하를 폄하하는 발언은 하지 말아주시오!"

몇몇 서전트들이 나서며 이안에게 외쳐댔다. 그들은 동부 군에서 오랜 시간 복무했기에 헥토르 후작을 진심으로 존경하는 자들이었다.

"멍청한 작자들 같으니. 헥토르 후작이 왕국의 기간트 전력을 무슨 수로 막을 것 같은가?"

"그, 그야……."

서전트들은 이안의 물음에 대답할 방법을 찾지 못했다.

아무리 헥토르 후작이 마스터이고 기간트를 육체의 힘으로 파괴할 수 있는 최강의 기사라고 해도 왕국의 기간트 전력은 동부군이 감당할 수 있는 수준이 아니었다.

"체이스 제국의 지원이 없다면 그가 과연 반란을 일으켰으리라 생각하나? 나 이안 레이너가 기사의 명예를 걸고 말한다! 헥토르 후작은 매국노다!"

강한 마나가 실린 음성에 이안의 부대를 치기 위해 왔던 병사들이 웅성거리며 꼬리를 말기 시작했다.

"그래서 나와 내 동료들은 헥토르 후작의 반란에 반대하고 싸우려고 하는 것이다. 이 나라 락토르와 전란으로 인해 힘들어할 백성들을 위해서. 나와 그대들은 군인이고 군인은 나라와 힘없는 백성들을 지키기 위해 존재한다는 것을 명심하라!'

마지막 말이 병사들의 가슴을 파고들었다. 그동안 잠시 잊고 살았던 군인의 임무가 그 말을 통해 되살아난 덕분이다.

"어찌할 것인가? 참된 군인이 되고자 싸우려는 우리와 싸울 것인가, 아니면 외세에 나라를 팔아먹으려는 매국노를 막기 위해 싸울 것인가?"

"……."

동요는 할망정 선뜻 이렇다 할 대답을 하지 못했다. 그들의 망설임을 모르는 바는 아니지만 시간이 무한정 있는 것도 아니었다.

"그대들은 군인인가?"

강렬한 안광을 투사하며 이안이 적병들을 향해 물었다.

"구, 군인입니다!"

"정말 군인 맞는가?"

"맞습니다. 우린 군인입니다!"

"그렇다면 나라와 힘없는 백성을 위해 싸워라. 군인이 맞는다면 그것이 당연히 해야 할 임무다. 할 수 있겠나?"

이안의 뜨거운 물음은 병사들의 가슴에 심각한 파문을 일으켰다. 그리고 군인으로서 이 나라를 위해 싸워야 한다는 당연한 사실을 깨달았다.

"싸우겠습니다! 나는 군인이 맞습니다!"

"옳소! 우리는 군인입니다!"

"풰! 우리 집안이 원래 체이스 제국 때문에 요 모양 요 꼴이 됐는데 그 자슥들 앞잡이 노릇은 할 수 없지. 나는 이 반란 반대여!"

병사들이 처음으로 자신의 의지로 상황을 선택하고 입장을 당당히 밝혔다.

"나와 함께 싸우겠다면 이리로 오라. 그대들의 전우로서 환영하겠다."

"흐흐! 구람 이제부터 기사님이 우리 대장인감유?"

"그런 것이지. 대장님 잘 부탁하것슈!"

병사들이 속속 이안 뒤의 요새로 넘어왔다. 나머지 일부 서전트들과 병사들이 망설이고 있을 때 피터가 이안의 옆으로 걸어오며 말했다.

"나는 피터 상급 서전트다. 니들 나 알지?"

"피터 상급 서전트님, 오랜만입니다."

바로 옆 부대에 있어서 그런지 안면이 있는 서전트가 그 가운데 있었다.

"우리 대장님이 말이야, 반란이 일어나자마자 그러시더라고. 헥토르 후작이 반란을 일으켰는데 너희들은 어떻게 할 거냐고 말이야."

"정말입니까?"

"그래. 상황을 모두 설명하고 반대하는 자는 남고 반란에 동참할 자들은 모두 가라고 하시더라고. 근데 그거 아냐?"

"뭘 말씀이십니까?"

"아무도 가는 놈이 없었어. 전부 이안 대장님과 싸우겠다고 남았다는 소리다."

"으음."

"한 번 믿어봐라. 우리 대장님은 결코 헛되이 죽을 양반이 아니다."

피터 상급 서전트의 말에 남아 있던 서전트와 병사들이 모종의 결심을 굳혔는지 고개를 끄덕이며 앞으로 나왔다.

"대장님, 잘 부탁드립니다."

"환영한다."

이안이 서전트들과 악수를 하며 그들을 맞이하자 600명으로 불어난 이안의 부대원들이 일제히 함성을 내지르며 뜨거운 열기를 발산해 냈다.

동부군 각 사단의 사단장과 근처의 영주들이 모두 모인 군단사령부의 대회의실에 묵직한 기류가 감돌았다.

"휘하의 부대들은 모두 장악이 끝났나?"

군단장이자 이번 반란의 주인공인 헥토르 후작의 물음에 일부 사단장들이 고개를 숙였다.

"죄송합니다. 일부 일선 지휘관들이 반기를 들었습니다만 곧 정리될 겁니다."

"어느 정도나 되나?"

"몇몇 초급 기사들이 반기를 든 것이라 심각한 상황은 아닙니다. 저희 6사단의 경우는 세 개 백인대가 이탈했고, 그놈들을 제압하기 위해 병력을 보내놨습니다."

"저희 7사단은 두 개 백인대입니다."

"저희는……."

사단장들이 하는 보고 내용을 모두 합치니 천여 명 정도의 병력이 이탈한 것이라서 그리 큰 피해는 아니었다.

영주들의 군대까지 합하면 15만에 달하는 병력을 가진 헥토르 후작이기에 그깟 천여 명에 연연할 정도는 아닌 것이다.

"최대한 빨리 진압하도록 하게. 그리고 모튼 자작!"

"네, 주군!"

"체이스 제국의 지원은 언제 도착한다고 하던가?"

그간 체이스 제국으로 넘어가 협상을 주도하던 모튼 자작이 자리에서 일어섰다. 그는 각 사단장들을 한번 둘러본 후 후작의 말에 대답했다.

"11월 19일까지 일차 지원이 이루어질 예정입니다. 체이스 제국의 범용 기간트인 워리어급의 라페스트 30기와 라이더들을 파견해 주기로 했습니다."

"1차로 라페스트 30기라……. 중앙군의 공격을 막으려면 적어도 150기는 가져야 한다는 걸 모르지는 않겠지?"

"물론 그 점을 협상 때 주지시켰습니다. 어차피 중앙군이 몰려오려면 한 달 정도는 시간이 있으니 이달 말에 있을 2차 지원 때 50기를 더 보내줄 거라 확약했으니 걱정하지 않아도 될 것입니다."

"흐음, 도합 130기라……."

헥토르 후작은 뭔가 마음에 들지 않는다는 듯이 인상을 찌푸렸다. 아무리 동부군이 정예군이라고 해도 기간트 전력에서 밀리면 전체적으로 위축될 수밖에 없었다.

"그자들이 우리를 이용하려는 것은 아닌지 걱정됩니다."

"맥나마란 대령, 그게 무슨 소리인가?"

군단 작전실을 맡고 있는 맥나마란 대령의 말에 헥토르 후작이 눈을 치켜뜨며 물었다. 그러자 테이블 위를 손가락으로 가볍게 두드리며 뭔가를 생각하던 그가 대답했다.

"소관의 생각으로는 내전의 고착화입니다."

"내전의 고착화? 그게 가능하다고 생각하나?"

어느 정도 자신감이 없다면 반란을 일으킬 수는 없었다. 헥토를 후작은 자신만만한 삶을 살아왔고 지금도 충분히 왕국을 뒤집을 수 있다는 자신감으로 일을 벌인 상황이다.

"기간트가 부족하면 본 군단은 중앙으로 진군할 수가 없습니다. 고작해야 방어 요새에 기간트를 집중하여 중앙군의 공격을 막아내는 것입니다. 그렇게 내전이 길어지면 결국 좋아할 곳은 체이스 제국뿐입니다."

내전이 길어지면 락토르 왕국은 국력의 고갈로 휘청거리게 될 것이다. 반대로 막아야 하는 동부군단과 헥토르 후작 측의 귀족군도 마찬가지가 된다. 결국 락토르 왕국과 헥토르 후작이라는 늑대 두 마리가 싸우다 지치면 체이스 제국이라는 호랑이는 힘들이지 않고 그 두 마리를 모두 잡아먹을 수 있는 것이다.

"트란실 중령!"

"하명하십시오."

"내가 전에 내린 밀명은 어느 정도나 이루어졌는가?"

헥토르 후작은 맥나마란 대령의 걱정에 대한 해답을 트란실 중령을 통해서 밝히려고 했다.

"쉽지는 않았지만 30기의 워리어급 기간트 디마르크를 구할 수 있었습니다. 곧 남부의 리만 왕국을 출발할 거라는 보고가 들어왔습니다."

"들었나?"

"아, 디마르크라면……."

자신들도 모르게 리만 왕국의 범용 기체인 디마르크를 구입했다는 말에 좌중의 모든 이들이 놀란 눈으로 헥토르 후작을 쳐다보았다.

체이스 제국처럼 이해관계가 얽힌 사이가 아니라면 기간트는 절대 다른 나라로 팔지 않는 것이 법칙처럼 굳어져 있다. 그걸 깨고 보내준 나라나 그것을 성사시킨 헥토르 후작이나 대단한 이들이 확실하다고 그들은 생각했다.

"난 체이스 놈들을 신뢰하지 않는다. 그들이 어떤 술책을 부리더라도 그것을 부술 힘이 내게 있으니 제장들은 걱정하지 말도록."

"충!"

30명에 달하는 고위 장교들과 영주들이 일제히 머리를 조아리며 복명했다. 그 모습에 헥토르 후작의 입꼬리가 살짝 말려 올라갔다.

그때, 소령 계급장을 달고 있는 장교 하나가 빠르게 들어와 맥나마란 대령에게 귓속말로 뭔가를 보고하는 것이 보였다.

'무슨 일이 생겼나 본데. 맥나마란 대령의 표정이 급변하는 걸 보면.'

헥토르 후작은 팔짱을 낀 채 맥나마란 대령이 보고를 다 들을 때까지 기다렸다.

"죄송합니다, 각하."

"아닐세. 그래, 무슨 일인데 그리 심각한 표정인가?"

"그것이… 6사단 예하의 반기를 든 부대를 진압하러 보낸 부대가 실패했다고 합니다."

"응? 실패를 했다? 고작해야 백인대를 진압하러 갔다고 하지 않았나?"

"맞습니다. 10641백인대의 이안 레이너와 그 휘하의 병사들을 진압하러 갔습니다."

"호오, 이안 레이너라……. 그 녀석이 말썽을 부린 건가?"

"그 어린놈이 다섯 개 백인대를 사로잡았다고 합니다. 그것도 기사들만 죽이고 병사들을 고스란히 집어삼켰다는 보고입니다."

"크크크! 그 녀석이 또 사고를 친 게로군. 지난번에 그냥 넘어가는 것이 아니었는데……."

자신이 비밀리에 시행하던 일을 중간에서 본의 아니게 방해한 것이 이안 레이너라는 초짜 기사였다.

그가 이번에도 반기를 들었고, 진압 부대마저 제압했다는 보고이다. 당연히 헥토르 후작은 은은한 분노를 느꼈다.

"커런트 장군!"

"하명하십시오."

"장군이 책임지고 그 어린놈을 내 앞에 데려오도록 하게. 알겠나!"

"염려 마십시오. 반기를 든 자들에게 일벌백계하기 위해서라도 확실하게 처리하겠습니다."

"믿겠다."

헥토르 후작은 고작해야 갓 부임한 초짜 기사가 자신의 권위에 대항하는 것이 마음에 들지 않았다.

거기에 어딘지 모르게 신경을 건드리는 그 눈빛이 잊히지 않았기에 빠르게 지워 버릴 생각이다.

"이곳에 주둔지를 건설합니다."

이안은 모여든 동료들과 함께 10641백인대의 요새를 떠나 헬카이드 산맥으로 들어왔다.

가장 늦게 합류한 맥컬리의 부대는 캐릭선을 이용하여 무사히 도착했다. 그리고 캐릭선에 실려 있던 식량까지 가지고 온 덕분에 당분간 식량 걱정을 하지 않아도 되는 것이 최고의 행운이라면 행운이었다.

"터는 넓기는 한데 굳이 이곳에 잡을 이유라도 있냐?"

맥컬리는 반란군과 멋지게 싸우기를 원했다. 자신들의 능력이라면 야금야금 반란군 세력을 제압하여 종국에는 그들을 제압하는 꿈을 꾸었던 것이다.

"세 가지 이유가 있다."

"세 가지씩이나? 어디 한번 들어보자."

맥컬리의 물음은 모두의 물음이라고 할 수 있었다. 토리를 비롯한 친구들이 모두 이안의 말에 귀를 기울였다.

"이곳은 적이 올라오기 쉽지 않다는 것이 첫 번째 이유다. 고로 발각되는 것도 어렵다는 소리지."

"흠, 올라오면서 보니 그럴 만도 하더라. 나도 욕 나오는데 병사들이야 오죽하겠냐."

"그렇지? 둘째, 밖에서는 아무리 지키려 해도 워낙 넓은 곳이라 방비가 쉽지 않지. 우리를 막으려면 적어도 사단급을 주둔시켜야 한다는 점이다."

이안과 합류한 병사들은 고작해야 천여 명으로 한 개 천인대에 불과했다.

그러나 넓은 지역 어디에서 나올지 모를 그들을 잡으려면 적어도 사단급의 병력이 헬카이드 산맥의 지류를 막아서야 한다. 소수의 병력으로 적군을 묶어둘 수 있는 이점이 있었다.

"그것도 인정. 나머지 세 번째 이유는 뭐냐?"

"가장 큰 이유가 있다. 조금 있으면 그 이유를 알게 될 테니 잠시만 기다려라."

"뭐? 야, 나 궁금한 거 못 참는 거 알면서 그러냐. 그냥 말해라, 어서."

"맞아. 나도 궁금하거덩? 그냥 알려줘."

토리까지 나서서 궁금하다고 하자 다른 친구들과 합류한 인사들도 암묵적인 눈빛 공격을 가해왔다.

"아웅! 주인이다!"

수많은 병력이 모여 있는 곳으로 낭랑한 음성과 함께 누군가가 달려왔다.

낡은 로브를 걸치고 기사들도 따라하지 못할 정도로 엄청난 스피드로 달려오는 여인이 어, 어 하는 병사들을 뚫고 이안에게 달려들었다.

"주이인~"

레오는 너무 과격하게 달려와 안기는 에일리를 빙글 몸을 회전시키며 힘을 분산해내며 안아 들었다.

"어이쿠! 에일리! 네 주인 허리 부러지겠다!"

"아웅! 우리 주인 강하다. 그러니 괜찮다."

"후후, 녀석도 참."

오랜만에 만난 주인의 품이 그리운지 에일리는 차가운 갑옷 위에 얼굴을 묻고 한참을 비비적거렸다.

"이, 이 아가씨는 뭐, 뭐냐?"

"이안 따위와는 어울리지 않는 이 레이디는 도대체 누구야?"

"가, 가만, 주인이라고? 네가? 이 부러운 새끼!"

친구들은 이안을 둘러싸고 말도 안 되는 일이라며 손가락질을 해댔다.

그러나 오직 한 명 맥컬리만은 심각한 눈빛으로 이안에게 물었다.

"이 아가씨가 그 이유였냐? 수인족이 강하기는 하다만 혼자서는 아무것도 할 수 없어."

"기다려 봐. 에일리만 먼저 온 거니까. 이제 슬슬 소리가 들리지 않아?"

"응? 무슨? 이거 무슨 소리야?"

맥컬리는 뒤늦게 철컹거리는 소리가 희미하게 들려오는 것을 깨달았다. 분명 저 정도의 소리가 들리려면 기간트가 움직여야 한다는 것도 깨달은 것이다.

"서, 설마!"

"그 설마가 맞다. 기간트라고 하기에는 우스운 기체지만 기간트를 사용할 수 있게 됐다. 그것이 가장 큰 이유이고."

"아, 기간트! 흐흐흐! 이 새끼, 진즉 말하지."

맥컬리는 기간트가 있으면 전쟁에서 살아남을 확률이 비약적으로 올라간다는 것에 기뻐했다. 그러나 자세히 생각해 보니 한 가지, 아니 두 가지 맹점이 있다는 것이 떠올랐다.

"근데 기간트는 누가 운용하는 거냐? 그리고 그에 필요한 마나석은 또 어떻게 충당하고."

기간트를 라이딩하려면, 그것도 전투에서 써먹을 정도로

훈련하려면 천재적인 라이더가 아닌 다음에는 최소 300시간 정도는 해야 겨우 수습 딱지를 뗀다.

1군단에서 보유하고 있는 라이더들은 왕국에서도 최정예 라이더들이었으니 그들과 상대가 될 라이더를 구하기는 쉽지 않을 것이다.

철컹! 철컹! 철컹!

산비탈을 가뿐하게 오르는 샤베른의 모습에 병사들은 얼이 빠진 표정으로 지켜보았다. 특히나 저 기간트들이 자신들의 대장인 이안을 돕기 위해 오는 기간트라는 말을 들은 뒤로는 환호성을 울리다 이내 모습을 보고는 얼어붙어 버렸다.

"이안, 우리가 왔네!"

기간트를 직접 조종해서 온 이는 드워프 일족의 족장이자 워엑스의 달인인 아이언핸드였다. 그는 조종석의 해치를 열고 그대로 뛰어내리며 이안에게 달려왔다.

"드, 드워프?"

"응? 이렇게 멋진 드워프를 처음 보는 인간이로구만. 흐흐흐! 얼이 빠진 모습 하고는."

아이언핸드는 손가락질을 한 채 굳어버린 토리의 어깨를 툭툭 쳐주고는 이안에게 종종걸음으로 다가와 손을 맞잡았다.

"어서 오세요. 족장님이 직접 오실 줄은 몰랐습니다."

"흐흐! 우리 일족의 은인이 전쟁을 한다는데 나 몰라라 할 내가 아니지. 일단 샤베른 일곱 대를 모두 가지고 왔네."

속속 들어오는 샤베른의 거체에 병사들은 신기한지 강철로 이루어진 굵직한 다리를 두들겨 보며 신나서 떠들었다. 그들의 모습을 보며 이안은 빙긋 미소를 지으며 아이언핸드에게 말했다.

"보금자리는 어떻게 완성된 겁니까?"

마계에서 나와 헬카이드의 배꼽에 자리 잡은 지 이제 겨우 한 달 정도 흐른 시점이다. 그들이 아무리 대단한 드워프 일족이라고 해도 힘들 거라는 생각에 묻는 것이다.

"걱정 말게. 이미 완성시켰으니까."

"네? 정말입니까?"

"우리 드워프는 거짓말을 할 줄 모르는 일족이라네. 아참, 그나저나 자네, 코어를 좀 만들어줘야겠는데 가능하겠나?"

"코어를요? 몇 개나 만들어 드리면 되겠습니까?"

"지금 애들이 자기들 샤베른도 만들겠다고 난리여서 말일세. 자네도 알겠지만 애들이 좀 기간트에 미친 녀석들이지 않은가."

드워프들이 샤베른이 만들어지고 난 후 자신들의 샤베른도 만들겠다며 열을 올리던 것을 떠올렸다. 그들이라면 충분히 샤베른의 몸체를 혼자 만들 수 있는 자들이었으니 그들의 인원수에 맞게 만들어야 할 것이다.

"저, 저기, 잠깐만!"

대화 중간에 끼어든 맥컬리는 자신들도 어떻게 된 상황인지 알아야겠다는 표정을 가감 없이 드러냈다.

"아참, 여기는 강철의 모루 일족 족장이신 아이언핸드 님이시다. 우리를 돕기 위해 직접 기간트를 가지고 오셨다."

"안녕하십니까. 이안의 친구인 맥컬리입니다."

"토리입니다, 아이언핸드 님."

친구들의 인사에 흐뭇하게 고개만 끄덕이며 예를 받았다. 그렇게 인사가 끝나자 맥컬리는 무서운 스피드로 이안에게 쏘아대듯이 물었다.

"저 기간트는 도대체 뭐고 아이언핸드 님은 어떻게 알게된 거냐? 그리고 저 레이디에 대해서도 빠짐없이 고해야 할 거야. 알긋냐!"

"후후! 뭐 어려운 이야기라고."

이안은 빼야 할 이야기, 그러니까 아레나와 지하 던전, 그와 관련된 마계에 관한 것은 빼놓고 이야기했다.

결코 알아서 좋을 것이 없어 그리 한 것으로 미리 아이언핸드와도 말을 맞춰놓았다.

3장

영웅으로 만들어주께나

　이안은 친구들에게 헬카이드의 배꼽으로 떨어진 이후 그
곳을 탐험하며 지도를 만들어야 했다는 것을 말해주었다.

　그 와중에 에일리를 만나고 드워프 일족을 도와주면서 지
금의 상황이 만들어졌다는 식으로 둘러댔다.

　"…이렇게 된 거다. 별일 아니야."

　"그렇게 된 거라 이거지? 그래서 아이언핸드 님이 도와주러
오신 거고, 너는 마나 코어를 만들어주기로 했고. 그렇지?"

　"맞아."

　"근데 너, 마나 코어를 만들 줄 알았냐? 네 옆에 붙어 다닌

지 4년이 넘는다만 한 번도 그런 이야기는 없었잖아?"

"아, 그거야 뭐, 누구나 비밀 한 가지 정도는 있는 거 아냐? 거기다 요새는 더블 코어다 뭐다 하는 걸 만드는 세상인데 난 고작 0.7의 출력을 내는 마나 코어를 만드는 수준이라 쪽팔리기도 해서 그랬다."

"그래? 흠, 뭐 그렇다니 넘어가 주지. 속인 건 괘씸하지만 대단하단 것은 인정. 크크크!"

맥컬리는 친구인 이안의 다재다능함에 기꺼워하며 엄지를 추켜들었다. 그런 친구의 웃음에 이안은 흐뭇하게 웃으며 아이언핸드에게 말했다.

"아이언핸드 님, 일단 이곳에 임시 요새를 건설해야 할 것 같습니다. 도움을 좀 주실 수 있겠습니까?"

"요새를 말인가? 하하하! 내 그럴 줄 알고 준비한 것이 있지. 애들아!"

"네, 족장님!"

"요새를 만들 것이니 가지고 온 걸로 바꿔 달도록 해라!"

"흐흐! 알겠습니다."

드워프들은 아이언핸드의 명령에 일사불란하게 움직이며 샤베른의 양팔에 달린 파성추를 떼어냈다. 그리고 그 자리에 사람들이 자주 사용하는 것들을 매달았다.

"헐! 저, 저게 가능해?"

"기간트를 저렇게……."

이안의 친구들은 또다시 얼이 빠져버렸다. 이상하게 생기기는 했어도 기간트임에는 분명한 샤베른의 양팔에 삽과 곡괭이가 달린 것에 놀란 것이다.

"시작하자고! 너희는 터를 파라! 우리는 바위를 치울 테니!"

"알았으니 너나 잘해!"

드워프들은 뭐라 떠들어대며 샤베른을 움직였다. 해치를 닫았음에도 안이 보이는 탓에 조종을 조종 장치로 하는 것을 모든 사람들이 볼 수 있었다.

쿵! 콰드등! 콰캉! 후두두둑!

병사들이 모두 매달려도 해낼 수 없는 일을 샤베른 여섯 기가 움직이자 순식간에 터가 정리되기 시작했다.

"와아!"

"저게 가능한 거였구나!"

"그, 그러게."

얼이 빠진 친구들을 뒤로하고 이안은 아이언핸드를 데리고 병사들이 쳐놓은 군막으로 들어갔다.

"레이너 경!"

군막에 들어가기 무섭게 그 뒤를 따라 들어온 사람은 다름 아닌 샤르딘 상단의 상단주이자 준남작의 작위를 가지고 있는 샤르딘 아보트였다.

"하하! 급할 거 없으니 우선 앉으십시오."

에일리의 머리카락을 쓰다듬으며 이안이 자리를 권했다.

다시는 떨어지지 않으려는 듯이 이안의 품에 자리 잡은 에일리를 다독이려면 잠시 동안은 이러고 있어야 할 것이다.

"저 기간트에 대해서 이야기를 좀 했으면 합니다."

"샤베른을 말씀하시는 겁니까?"

"그렇소이다. 저 기간트는 지금은 사용하지 않는 방식으로 만들어진 것 같은데 맞소이까?"

지금의 기간트는 라이더가 조종석에 타면 마법진을 통해 라이더의 의지로 조종이 되는 시스템이다. 그에 반해 샤베른은 원시적인 방식, 즉 조종 레버를 수동으로 움직여서 하는, 마도공학의 산물이 아닌 기계공학의 산물이었다.

"맞습니다. 라이더가 조종 레버를 조작하여 움직이는 형태로 운용됩니다."

"흠, 그렇다면 만드는 가격이 상당히 저렴하겠군요."

"글쎄요. 제가 직접 만드는 것이 아니라서 가격이 어느 정도인지는 모르겠군요."

"총 35톤의 강철이 들어간다. 0.7 출력의 마나 코어 하나와 그 외 관절 부위의 베어링이라든지 특수 제작 부품이 소요되니 알아서 계산해."

뭔가 위화감을 느꼈는지 아이언핸드는 이안에게 말할 때

와는 사뭇 다른 쌀쌀함을 풍겼다.

"35톤의 강철과 마나 코어라……."

강철 1톤의 가격이 10골드 정도 하고 0.7 출력의 마나 코어는 가격이 없었다. 만들지 않는 것에 가격을 매길 수는 없기 때문이다.

하지만 굳이 매기자면 솔저급의 출력 1.0짜리 마나 코어가 1만 골드 정도에 판매되고 있으니 7,000골드로 계산하면 맞을 것이다.

"제가 가격을 매기자면 원가로 8,000골드입니다."

"그래? 말로만 듣던 상인이라는 놈인 거 같은데, 네놈이 그렇다면 그런 거겠지. 한데 왜 샤베른에 대해서 묻는지 알 수 있겠느냐?"

드워프는 일국의 왕에게도 반말을 지껄이는 존재이다. 그런 이들에게 욕을 듣지 않으면 다행인 일이라 웃는 얼굴로 샤르딘이 말했다.

"저 샤베른이라는 기체를 제가 구입할 수 있을까 해서 드리는 말씀입니다."

"저걸 산다고? 이안에게 듣자 하니 출력 2.5의 나이트급 기간트도 있다면서 저런 걸 어디에 쓰려고 그러는 거지?"

"1만 골드 정도에 판다면 저걸 사려고 하는 이들은 많을 겁니다. 특히 라이더를 양성하지 않아도 손쉽게 조종할 수 있다는 것은 그 어떤 것보다 이득일 테니까요."

"기간트는 전쟁에서 병기로 쓰지 않던가? 그럼 조종을 해야 하는 샤베른은 고철 덩어리 이상의 값어치는 없을 거다만."

"물론 전쟁에서 쓰기에는 무리가 있지요. 하지만 그렇다고 해도 기간트는 기간트입니다. 샤베른 한 대는 솔저급의 기간트에는 모자라지만 병사들에게는 재앙입니다."

"아, 그렇게 생각할 수도 있겠군."

"특히 샤베른이 임시 요새를 만드는 것을 보니 대단히 유용한 기체라는 것을 느낄 수 있었습니다. 농사나 건축에도 쓸 수 있는 기간트라는 말이지요."

"흐흐흐! 그건 그렇다만."

아이언핸드도 샤베른의 유용성에 감탄한 적이 있다. 새로운 터를 만드는 데 샤베른이 없었다면 아직도 그 공사에 매달려 있어야 할 것이다.

"그 이야기는 전쟁이 끝난 다음에 하도록 하죠. 지금은 어떻게 싸워야 할지, 그리고 살아남을지가 우선입니다."

"그야… 알겠습니다."

샤르딘 준남작은 샤베른을 보고 커다란 돈 냄새를 맡았다.

왕국 마탑의 통제를 받지 않고 팔 수 있는 기간트, 비록 반쪽짜리 기간트에 불과했지만 그 어떤 기체보다 유용하게 사용될 기체가 샤베른이었다.

그걸 자신이 유통할 수만 있다면 왕국 제일의 상인으로 올라서는 것도 무리는 아닐 것이다.

"이안, 우리도 들어가도 되지?"

천막에 고개만 빼꼼히 들이밀고 묻는 맥컬리와 토리 등에게 이안이 손짓하며 말했다.

"들어와. 안 그래도 앞으로의 일을 의논하려던 참이다."

"그래? 그럼 들어가야지. 가자!"

"흐흐! 좋지, 좋아."

토리는 이안의 품에 안겨 있는 에일리를 보며 음흉한 웃음을 흘렸다.

뭔가 재미있는 광경을 기대하는 듯한 그 웃음에 이안은 고개를 가로저을 뿐이다.

"임시 요새가 완성되면 본격적으로 반란군에 대해 타격을 가할 생각인데 너희들의 의견은 어떠냐?"

"그래야겠지. 하지만 그보다는 우선 국방성에 우리 입장을 알려야 한다. 그게 먼저야."

"굳이 그럴 필요가 있을까? 어차피 싸우다 보면 알게 될 텐데."

맥컬리의 말에 토리가 별것 아니라는 듯이 말했다. 그러나 맥컬리의 의견은 달랐다.

"알리는 것이 우선이야. 그래야 왕국에서도 우리를 감안한 작전을 짤 수 있다. 그리고 혹시 모를 보급이나 증원도 기대해 볼 수 있지."

"야, 딱 찍어서 죽을 자리로 보낼 수도 있다. 국방성의 잔대가리 굴리는 인사들이라면 충분히 가능한 일이야."

토리의 말도 틀린 것은 아니었다. 국방성에서 어차피 버린 패로 인식한다면 반란군의 군량고를 공격하게 하는 방법 등으로 사석 작전을 쓸 수도 있었다.

"아니, 내 생각에도 맥컬리의 말이 맞는 것 같다. 그러니 우선 우리가 반란에 거부하여 항전 중이라는 사실을 알리는 것으로 하자."

"그래? 뭐 이안이 그렇다면 그런 거겠지."

토리는 이안이 결정을 내리자 군말 없이 수긍했다. 그 모습을 보며 샤르딘 준남작은 이들의 리더가 누구인지 확실하게 알 수 있었다.

"다음은 이 임시 요새에서 군이 이동할 수 있는 비밀 통로를 만드는 일을 티모시 네가 맡아라. 네 주특기와 관련이 있으니 어렵지는 않을 거야."

"흐흐! 지도 제작하고 독도법은 내가 1등이었으니 맡겨줘."

"다음으로 접근 가능한 곳에 참호와 감시탑을 만들고 연락 체계를 갖추는 일은 안드레아 네가 맡고."

"어렵지 않지."

"군수 물자를 챙기는 일은 밀튼 너한테 맡기마."

"라져! 임무 접수했으~"

"토리 너는 샤베른을 조종할 수 있도록 연습해. 그리고 젊은 병사들 가운데 몇 명 뽑아서 훈련시키고."

"정말? 으흐흐흐! 드디어 이 몸이 기간트를 타는 것인가? 무조건 한다! 으하하하!"

기간트를 운용하는 일은 상당히 중요한 일임과 동시에 목숨을 걸어야 하는 일이었다. 반란군의 기간트가 쳐들어온다면 상대가 안 되는 샤베른을 몰고 몸으로 때워야 하기 때문이다.

그럼에도 좋아서 방방 뛰는 토리의 모습에 이안은 헛웃음이 나왔다.

"나는 뭐 할까?"

중요한 일들을 동기들에게 일임하는 이안을 보며 마지막 남은 맥컬리는 어서 임무를 달라는 눈빛으로 물었다.

"넌 별동대를 조직해서 유사시에 직접 무력을 투사할 수 있도록 준비해 줘."

"흠! 한마디로 적군의 배후를 직접 타격할 수도 있다는 뜻이냐?"

"그렇지."

"제길, 결국 딱 죽기 좋은 보직인 셈이군. 뭐, 할 수 없으려나? 크크크!"

맥컬리의 웃음에 이안은 약간은 미안한 마음이 들었지만 누군가는 해야 할 일이고 자신 다음으로 강한 검술을 지닌 그가 아니면 할 수 없는 일이었다.

"그런데 너는 뭐 할 거냐? 전투가 없으면 빈둥거리게 될 거 같은데 말이야."

말이 지휘관의 역할이지 지금처럼 다른 동기들이 각 분야를 담당하게 되면 가장 시간이 널널한 사람이 이안이었다.

"난 최대한 생존할 수 있는 방법을 찾을 생각이다. 아무래도 아이언핸드 님의 도움을 받아야겠지만… 병기를 개발하는 일을 하게 되겠지."

"병기? 기간트 같은 거냐?"

"아니. 너희들도 알겠지만 각국에서는 대 기간트 전용 병기 개발에 총력을 기울이고 있다. 그중 대표적인 물건이 로크 제국의 마동포다."

"나도 들은 기억이 있다. 철환을 쏘아내서 기간트를 직접 타격하는 무기라고."

"대강의 원리는 다들 알지만 그것을 완성시킨 곳은 두 제국밖에 없다. 하지만 그 마동포의 크기가 워낙 큰 탓에 요새의 수비에 사용하는 것이 전부라고들 하지."

"흠, 무게만 해도 10톤이 족히 넘어간다고 하니 그럴 만도 하지."

"그런데 말이다. 저 샤베른에 그 마동포를 장착한다면 어떨 거 같냐?"

"뭐? 그, 그게 가능해? 아, 가능할지도 모르겠구나."

맥컬리는 어쩌면 가능할 수도 있겠다는 생각이 들었다. 장인의 종족이라는 드워프들이 도와준다면 무엇이든 해낼 것 같다는 확신이 든 것이다.

'레이첼 님이 남긴 마법서를 찾아보면 마동포를 적용시킬 수 있는 부분이 많을 것이다. 거기다 강한성 그의 기억까지 있으니. 그걸 이용해서 최소화시킬 수 있다면 방어에는 최고의 병기를 만들어낼 수 있다.'

마나석이 문제이지 그 문제만 해결할 수 있다면 얼마든지 마법을 이용한 병기를 만들어낼 수 있었다. 때문에 마나석은 국가에서 통제하며 일정 수량 이상의 마나석을 사들이는 곳은 철저하게 감시하고 때로는 제재를 가하기도 하는 것이다.

마나석 광산은 한정되어 있고 기간트를 운용하기에도 모자라니 통제는 필수였다.

"마동포라고 했는가?"

"네. 정확한 명칭은 마법동력포인데 줄여서 마동포라고 부릅니다. 길고 둥근 포신을 기본으로 그 안에서 강력한 추진력을 만들어낼 수 있는 마법을 터뜨리면 안에 장전해놓은 철환이 쏟아져 나가는 방식입니다."

"아, 그렇게 하면 날아가기는 하겠지만 그게 얼마나 큰 위력을 발휘할지는 의문이 드는구만."

"듣기로는 로크 제국의 마동포는 그 포신의 길이만 10미터에 이를 정도로 길고 추진 마법은 5클래스의 에어블래스트 마법을 3중첩 시켜서 쏘아낸다고 하더군요."

"허허! 10미터나 되는 포신이라면… 거의 고정시켜야 쏠 수 있겠군."

"그렇죠. 고정식이고 사거리는 대략 800보 정도, 그러니까 1km 정도 날아갑니다. 곡선으로 쏠 때 그렇고 기간트를 파괴하려면 최대 500m 정도가 적당할 겁니다."

"흠, 대충 어떤 물건인지 알겠네."

아이언핸드는 마동포라는 물건을 어떻게 만들어야 할지 감이 섰는지 고개를 주억거리며 혼잣말로 중얼거렸다.

"저… 그런데 우리는 어떤 일을 하면 좋을지 말해주겠습니까?"

꿔다 놓은 보릿자루 같은 심정이 들어 샤르딘 상단주가 물었다. 그의 옆에는 중급의 익스퍼트인 호위무사들의 대장이 함께하고 있었다.

"일단 무력이 뛰어난 분들은 일선에서 싸우는 걸로 하고 나머지 분들은 리갈 마을의 사람들이 오는 대로 그들을 지키는 것으로 하죠."

일선에서 싸우는 일은 익스퍼트급의 호위대장이 유일할
것이다. 나머지는 고참 병사 정도의 무력 수준이기에 손발을
맞추지 않은 이상 최일선에 배치할 수는 없었다.

"흐음, 알겠습니다. 우선 그 임무를 수행하도록 하지요."

샤르딘 준남작은 이안이 자신들을 완전히 믿지 않는 것이
라 여겼다. 스스로 생각해봐도 자신들은 이들의 입장에서는
중간에 끼어든 짐짝과 같은 신세였다.

지잉! 지지지징!

몇 곳의 마법 통신 좌표를 거쳐서 알아낸 국방성의 부속 마
법통신실로 연락을 취했다.

워낙 먼 거리라 마법 통신이 연결되는 시간이 제법 걸렸다.

─여기는 락토르 왕국 국방성의 마법통신실입니다. 연결
한 사람의 신분을 밝혀주십시오.

국방성의 부속 마법통신실이라 그런지 연락을 받는 이의
어투가 무척이나 정중했다.

"10641백인대의 대장이자 기사인 이안 레이너입니다."

─10641백인대……. 잠깐, 귀관이 정말 10641백인대의 대
장인 이안 레이너 경인가?

"맞습니다. 저와 맥컬리 헤이든, 토리 미치볼… 이상 다섯
명은 헥토르 후작의 반란에 반대하여 역 반란을 일으킨 상황

입니다. 지난 반란군과의 전투에서 회유한 병력까지 천여 명의 병력을 이끌고 저항 중입니다."

─오오! 듣던 중 반가운 소리구만. 잠시만 기다리게. 내 국방처장님을 연결해 드릴 테니 처장님께 직접 보고하게.

10641백인대의 직속상관은 전부 반란을 일으킨 무리가 되어버렸다. 그런 까닭에 그의 직속상관은 총사령관과 그 위의 국방성장이었다.

─국방처장 알렉세이 후작이다. 귀관의 보고가 사실인가?

"충! 10641백인대장 이안 레이너가 알렉세이 국방처장님을 뵙습니다."

─아아! 인사치레는 관두게. 자네와 동기들이 힘을 합쳐서 반란군과 맞서고 있다는 것이 사실인지만 말하게.

"사실입니다. 저희 다섯 명은 주적 체이스 제국의 손을 잡은 헥토르 후작을 반역자로 규정하고 끝까지 싸울 생각입니다. 세가 불리하여 비록 헬카이드 산맥으로 들어왔지만 반란군의 배후를 공격할 작정입니다."

─오오! 그대들의 용기에 진심으로 경의를 표한다. 진압군이 동부로 출발할 것이니 최대한 생존을 염두에 두고 싸우라. 알겠는가?

"충! 명을 받들겠습니다."

─그래, 경들처럼 국가에 대한 충성심으로 똘똘 뭉친 젊은

친구들을 보니 내 피가 다 끓어오르는 것 같다. 매일 보고하
도록 하게.

"알겠습니다. 매일 보고 올리도록 하겠습니다."

—알겠네. 반란이 일어나 마음이 아프실 국왕 전하께 이 사
실을 알려드려야겠네. 아마 자네들의 그 충성을 아시면 창망
한 와중에도 한줄기 위안이 되실 게야. 허허허!

후작의 말에 이안은 자신들의 역반란이 국왕에게 어떤 위
로가 될지 의아했다.

그러나 굳이 알리겠다는 후작에게 하지 말라고 할 수도 없
는 노릇이었다.

"그럼 내일 이맘때 다시 보고 드리도록 하겠습니다."

—그래, 수고하게.

"충!"

이안은 군례를 취한 후 마법수정구에서 마나를 회수했다.
그러자 빛을 잃어가는 수정구에서 후작의 얼굴이 사라졌다.

"그 건은 국방성장의 뜻대로 하게."

"전하의 명을 받들겠사옵니다."

늙은 국방성장은 락토르 왕국의 지존이자 이번 헥토르 후
작의 반란을 야기시킨 국왕 테오도르 폰 락토르에게 머리를
조아리며 대답했다.

"다음 안건은 체이스 제국에 대해 견제하기 위해 로크 제국으로 가는 사신단에 관한 것이옵니다, 전하!"

"누가 가는 것이 좋겠는가?"

로크 제국과의 사이도 그리 좋지는 않았다.

삼국이 붙어 있는 상황이기에 소규모의 국지전이 빈번하게 일어나는 나라가 로크 제국이었다.

그래도 체이스 제국과의 싸움이 벌어지면 두 나라는 언제나 힘을 합친 전례가 있기에 이번에도 사신단을 파견하여 견제하도록 요청할 셈이었다.

"신이 가도록 하겠사옵니다, 전하!"

나서는 인물은 중후한 멋을 풍겨내는 귀족이었다. 이제 50대로 올라선 듯 드문드문 하얗게 변한 머리카락이 멋스러움을 자아냈다.

"시밀로프 후작이라면 내 믿을 수 있지."

왕당파의 중추 가운데 일인으로 남부의 대귀족이자 레이너 가와는 같은 하늘을 지고 살 수 없는 바로 그였다.

이번 귀족 세력의 힘을 깎아내기 위한 법안을 통과시키는데 재상을 도와 지대한 공을 세웠지만 반대로 헥토르 후작의 반란으로 입지가 줄어든 사람이었다.

"충심을 다해서 임무를 완수하겠나이다."

"후작을 믿겠노라."

국왕은 헥토르 후작의 반란을 제압하기 위해 총력을 기울여야 했다. 자칫 헥토르 후작의 반란이 오랜 시간 지속된다면 다른 변경백의 마음도 달라질 수 있었다.

남부와 서부의 변경백은 왕당파이기에 문제가 없었지만 북부의 변경백인 헤르츠 후작가는 귀족파에 속한 이였다.

"응? 국방처장이 다시 왔구먼. 그래, 급한 보고가 무엇이기에 대전회의 중에 움직인 것인가?"

국왕의 물음에 국방처장인 알렉세이 후작이 만면에 환한 웃음을 띠며 대답했다.

"지금 10641백인대의 대장인 이안 레이너 경의 보고를 받고 왔사옵니다."

"10641이라면… 헥토르 그자의 부하가 아닌가?"

"아니옵니다. 동부군단이 반역을 일으킬 때 그 명령을 거부하고 왕국을 위해 목숨을 바치겠다며 역반란을 일으킨 왕국의 충성스러운 기사이옵니다."

"오오! 그런 기사가 있었는가? 그래, 보고 내용이 궁금하군 그래."

"먼저 이안 레이너 경은 금년 아카데미를 5등으로 졸업하고 기사 서임을 받은 레이너 남작 가문의 차남이옵니다. 그리고 그와 함께 역반란을 일으킨 주역인 맥컬리 헤이든과 토리 미치볼 등의 기사들 역시 금년 아카데미에서 상위권의 성적으로 졸업한 우수한 인재들이옵니다."

"호오! 다섯이나? 그런 젊은 기사들이 있다는 것이 이 락토르의 복이 아닌가 싶구려."

"그들은 첫날 반란군의 진압에 맞서 싸워서 승리를 거두고 사로잡은 적병을 회유하여 천 명에 달하는 병력을 확충했다 하옵니다. 그리고 지금은 세불리를 만회하기 위해 헬카이드 산맥으로 들어가 항전 중이라고 보고해 왔습니다."

"아아, 너무도 장한 젊은 기사들이로다. 누구는 제 권리 운운하며 반란을 일으키는데 저 젊은 기사들은 목숨을 걸고 왕국을 위해 싸우려 하다니 말이야."

국왕의 말에 시밀로프 후작과 귀족 중 일부의 인상이 찌푸려졌다.

시밀로프 후작은 레이너 가문의 이안이라는 것 때문이고 다른 귀족들은 원인을 제공한 국왕의 입에서 저런 말이 나오는 것이 마땅치 않다는 듯한 표정이었다.

"그런데 고작 천 명으로 반란군에 갇혀 있으니 어찌 버틸지 걱정이로다."

"신도 그 점을 염려하였으나 이안 레이너 경은 국가를 위해서 목숨을 아끼지 않고 싸우겠노라 했사옵니다. 그의 말을 전하자면 '주적 체이스와 손을 잡은 역적 헥토르를 인정할 수 없다. 하니 우리는 역적을 죽이기 위해 최후의 일인까지 항전할 것이다! 고 말했사옵니다."

"오오! 그 의기를 칭찬하지 않을 수 없구나. 그래, 우리가 해줄 수 있는 일이 없으니 어떻게 상찬을 해야 할꼬."

국왕이 상찬을 하고 싶다는 마음을 밝히자 이미 이안을 이용할 방법을 궁리하고 들어온 알렉세이 후작이 말했다.

"신의 생각으로는 그를 왕국의 영웅으로 만드는 것입니다."

"왕국의 영웅으로 만들자? 어떻게 말인가?"

"젊은 기사들이 힘을 합쳐 왕국에 반역을 일으킨 헥토르와 맞서 싸우고 있음을 알리는 것입니다. 약간의 미사여구를 더해서 소문을 퍼뜨린다면 왕국 내의 젊은 기사들에게 모범이 될 수 있을 것이옵니다. 그리고 정의를 숭상하는 자유기사들의 참전도 유도할 수 있을 것이옵니다."

"그래, 그렇게 하라. 그들을 영웅으로 만들어 이 왕국 내의 모든 이들에게 정의와 충성의 표본으로 삼게 할 것이며, 그들의 의기를 상찬하는 뜻에서 1계급 특진시키도록 하라. 그렇게라도 그들을 상찬하고 싶구나."

"좋은 의견이시옵니다, 전하."

알렉세이 후작이 고개를 숙이며 뒤로 물러서자 국왕은 며칠 만에 참으로 흡족한 미소를 지을 수 있었다.

막으려고 발언권을 얻으려 하던 시밀로프 후작은 국왕의 얼굴에 번진 미소를 보고는 슬며시 손을 내렸다. 괜히 기분 좋아진 국왕을 건드려서 좋을 것은 없다는 판단이었다.

그리고 수많은 반란군에 둘러싸인 고작 천여 명의 병력이 얼마나 버틸까 하는 마음도 들었다.

'이거야 원…….'

이안은 보급을 맡은 밀튼이 엉성하게 만들어온 계급장을 보며 쑥스러운 미소를 지었다. 계급장을 수여할 사람도 없으니 직접 견장에 달아야 하기에 헛웃음까지 흘러나왔다.

"올! 이안 레이너 소령 아니신가?"

리듬을 타듯이 말하며 농을 건네는 토리의 견장에도 소령 계급장이 달려 있다.

"어서 와라."

"역시 계급장은 각진 것보단 둥근 게 멋지긴 해. 그렇지 않냐?"

"자식, 실없기는."

"아, 맞다. 산맥 아래에서 올라올 수 있는 길은 모두 세 곳이라더라. 일단 가장 큰 통로를 샤베른을 몰고 가서 깔끔하게 접근 불가로 만들어줬다."

"후후! 샤베른을 조종하는 것은 많이 늘었냐?"

"캬아! 내가 또 이렇게 라이딩에 소질이 있을 줄은 몰랐다니까. 나의 그 기가 막힌 컨트롤을 봤어야 하는 건데 말이다.

호호호!"

토리의 너스레에 이안은 그저 빙그레 웃기만 할 뿐 별다른 말을 하지 않았다.

"아, 맞다. 내가 온 이유는 이게 아닌데 말이지."

"응? 무슨 이유가 있어서 온 거였냐?"

"당연하지. 내가 얼마나 바쁜 몸인데 못생긴 녀 따위를 보려고 여기 왔겠냐. 호호호!"

"큭! 말해."

"샤베른의 마나 코어를 좀 만들어줘야겠다."

"마나 코어를? 네가 뭐 하려고?"

"내가 아이언핸드 님에게 따로 부탁했다. 샤베른 조종을 가르치는 병사들 가운데 이제 제법 능숙하게 하는 녀석이 여럿 있거든. 그놈들에게 줄 샤베른이 있었으면 해서 부탁한 건데 흔쾌히 허락을 하시더라고."

"그래? 몇 개나 필요한데?"

"당장은 열한 개만 있으면 될 거야. 아이언핸드 님도 일족의 드워프들에게 샤베른의 몸체를 강탈해 오실 모양이니까."

"후후후! 아이언핸드 님이 꽤 배려를 해주신 모양이구나."

"뭐… 다 네 덕분이지. 너를 위해서라면 아까울 것이 없다고 하시는 걸 보면."

토리는 이안의 그 무엇이 드워프 일족의 마음을 사로잡았는지 의아했다.

하지만 자신이 좋아하게 된 친구인 만큼 그 성격과 배려심이 그렇게 만들지 않았을까 추측해 볼 따름이다.

"바로 제작하도록 하마. 마동포에 대한 연구도 어느 정도 진척됐으니 곧 마동포를 시험할 수도 있을 거다."

"그래? 흐흐! 그거 반가운 소식인데?"

마동포가 만들어진다면 적군의 헬카이드 산맥으로의 진입은 막대한 피해를 요구당할 것이다. 그것도 마동포를 사용하는 자신들의 의지에 의해서이니 입꼬리에 미소가 걸릴 수밖에 없었다.

지잉! 지잉!

그때 가죽 주머니 안에 넣어두었던 마법 수정구에서 마나유동이 느껴졌다.

"잠깐만."

"무슨 일 있냐?"

"나도 모르지. 통신 개방!"

─아레나입니다, 마스터!

"아레나? 이야기해."

던전의 에고 시스템인 아레나가 직접 연락을 취하는 경우는 지금껏 단 한 번도 없었다.

─강철의 모루 일족으로부터 부탁이 들어왔습니다.

"웅? 그들이 왜?"

—헬카이드의 배꼽 남단으로 일단의 무리가 나타났다는 것을 마스터께 알려달라고 했습니다.

"남단으로? 거기는… 아!"

이안은 남단에 일단의 무리가 나타났다는 말에 떠오르는 사람이 있었다. 바로 추락 후 실종된 마스터 서전트 험프리였다.

그가 아니라면 그곳으로 접근해 올 무리가 있을 까닭이 없었다.

'마나석을 노리는 것인가?'

전쟁에서 가장 필요한 것은 누가 뭐라 해도 기간트의 동력원이 되는 마나석이었다.

최소 중급 이상의 마나석을 사용하는 기갑전에서 그 수요를 충당하려면 반드시 마나석 광산을 손에 쥐고 있어야 했다.

강한성의 기억 속에서 본 석유를 쥐고 있는 자가 세상을 지배한다는 원리와 같은 이치였다. 그의 세상에서 석유가 하는 역할을 이곳에서는 마나석이 하고 있으니 말이다.

'무조건 제거해야 한다. 험프리가 누구를 위해서 일했을지는 대강 짐작하고 있지만…….'

이안은 험프리의 배후에 있는 이가 누구인지 대강 짐작하고 있었다.

아마도 헥토르 후작이 그 주인공이고 그가 반란을 대비하여 마나석을 모으고 있었을 것이다.

그리고 그 중간에서 험프리가 마나석을 빼돌려 개인적인 치부를 했을 터였다.

"지금 바로 간다고 전해."

—알겠습니다, 마스터.

아레나와의 통신을 끊은 이안에게 토리는 궁금증을 토해냈다.

"아레나는 또 누구냐? 에일리랑 비슷한 거냐? 그리고 남단에 왔다는 놈들은 또 뭐고?"

"일단 내가 먼저 가서 상황을 살펴볼 생각이다. 부대를 움직여야 할지 아니면 내가 혼자 처리할 수 있을지 모르니까. 그리고 아레나는, 음, 아주 아리따운 아가씨다. 그것도 매우 영리한."

"그, 그래? 그럼 나 좀 소개시켜 주라. 너는 아름다운 에일리 양이 있으니까. 어때?"

"큭! 그래 나중에 소개해 주마. 일단 갔다 올 테니 방어에 최선을 다해줘."

"크크! 나에게 맡기게, 친구."

토리의 당찬 대답에 이안은 핏 하고 웃으며 임시 요새를 떠나 헬카이드의 배꼽으로 달려갔다.

4장

돌아온, 험프리

　필사적으로 따라온 에일리를 돌려보낼 수 없어 이안은 그녀와 함께 헬카이드의 남단으로 이동했다.

　오스 강이 시작되는 곳으로 험프리가 마나석을 잠채하던 그곳이 내려다보이는 곳이다.

　'저것들은 도대체 뭐지?

　맨 처음 이곳으로 오면서 생각한 것은 험프리를 조종하여 마나석을 모은 것은 헥토르 후작일 거라 생각했다.

　그런데 지금 험프리와 함께 있는 자들은 군인과는 거리가 먼 자들이었다.

"저쪽에 베이스캠프를 설치해."

"어이, 그렇게 하면 기간트자 보이잖아. 위장막을 더 걸라고."

일단의 무리는 용병들로 보이는 이들이 절반이었고, 나머지는 기사들과 기간트 라이더, 그리고 매우 뚱뚱해 보이는 자였다.

'기간트를 움직일 수 있는 자들이라……. 이것 참.'

기간트는 락토르 왕국을 비롯한 대륙의 모든 국가가 전략적으로 통제하는 전투 병기였다.

그런데 개인적으로 움직이는 놈들이 그런 전술 병기로 불리는 기간트를 다섯 대나 움직일 수 있다는 것이 믿어지지 않았다.

"흐흐! 로베르트 상단주님, 어떻습니까? 여기에 이렇게 마나석이 발견될 정도면 저 안에 얼마나 많은 마나석이 있을지 짐작이 가십니까?"

"내 자네의 말을 믿고 라펠러 공작 전하께 특별히 고하여 기간트까지 끌고 온 것일세. 이 정도도 안 되면 내 체면이 서질 않지."

"당연한 말씀이십니다. 그나저나 이제 마나석도 확인하셨으니 약속한 금액을 지급해 주시는 것이 어떻겠습니까? 제가 모시는 분께서 학수고대하고 계시는 터라."

"흠, 아직 광산이 확인된 것도 아닌데 너무 앞서가는 것은 아닌가? 조금만 더 기다리게. 우리 제국 최고의 광산 기술자가 왔으니 광맥을 확인하고 난 후 주도록 하겠네."

"그것이… 알겠습니다."

험프리의 옆으로 몇몇 호위기사들이 붙어 있었는데 그들은 동부군단의 기사들이 아닌 헥토르 후작의 기사들로 보였다.

그들과 이야기를 나눈 험프리가 난처한 표정을 짓는 걸로 보아 뭔가 한소리 들은 듯했다.

'헥토르 후작, 마나석 광산을 제국에 팔아넘기다니… 개자식!'

마나석 광산이 있는 위치는 락토르 왕국의 경계에 더 가까웠다.

헬카이드의 배꼽 안은 들어갈 수 없다지만 그 바깥쪽에서 파고들어 간다면 충분히 마나석 광산에 도달할 수 있었다.

'막는다. 내가 네놈들을 무조건 막아낼 것이니 두고 보아라.'

이안은 주적이자 가문의 몰락을 야기한 체이스 제국에 대한 적개심을 불태우며 일단 뒤로 물러섰다.

드워프 일족과 만나 이후로 벌어질 일을 상의해야 했다.

취릿!

이안의 손에서 날카로운 발톱이 튀어나왔다. 검은 건틀릿을 낀 이안은 그 날카로운 발톱 형태의 무기에 충분히 만족했다.

"아웅! 주인 발톱이 나랑 똑같다. 헤에!"

에일리는 이안이 낀 건틀릿을 바라보며 히죽거렸다. 뭔가 동질감을 느낀 듯한 그녀를 보며 이안이 말했다.

"저놈들을 처리해야 하니까 에일리도 같이 싸워야 해. 할 수 있지?"

"우웅! 에일리는 주인 지킨다. 주인 싸우면 에일리도 싸운다. 헤헤!"

"그래, 에일리는 저쪽으로 접근해서 경계를 서고 있는 놈들을 제거하고 다시 여기로 와. 나는 반대편에서 처리하고 올 테니까."

"웅! 에일리 먼저 간다."

에일리는 주인이 시키는 일에 맹목적으로 따랐다. 그런 그녀에게 미안함을 느끼면서도 어쩔 수 없는 일이라 여기며 스스로를 다독였다.

'나도 가야겠군.'

이안은 헬카이드의 지류에서 은밀하게 밑으로 달려 내려갔다. 이미 검은 짐승의 가죽으로 전신을 도배한 탓에 마치

흑표범이 질주하는 듯한 모습을 연출했다.

"누구냐!"

이안이 달리면서 낸 소리에 경계를 서던 용병 하나가 창을 겨누며 외쳤다.

그러나 이안은 멈출 생각을 하지 않고 그대로 표범이 먹이를 노리고 움직이듯이 용병에게 쇄도해 들어갔다.

취릿!

"크악!"

어둠 속에서 튀어나온 검은 무언가를 발견했을 때는 이미 날카로운 발톱이 용병의 목을 스치고 지나간 후였다.

"야수의 습격이다! 비상!"

용병들은 동료의 목에 거칠게 나 있는 세 줄기의 발톱 자국을 보며 외쳐댔다.

그러자 잠이 들었던 다른 용병들과 상단의 호위무사들까지 뛰어나와 이안이 도망간 곳으로 모여들었다.

"크악!"

"캐액!"

갑작스럽게 사방에서 비명 소리가 터져 나왔다. 외곽 경계를 맡은 하급 용병들이 죽어나가자 당장 급해진 기사들이 소리를 질렀다.

"용병들은 안으로 모여라! 어서!"

인명 피해를 줄여야 하기에 최대한 범위를 좁혀 야수들이 어디서 공격하는 것인자 알아내려 하는 것이다.

"제니스, 이게 도대체 무슨 일이야?"

뚱뚱한 귀족 사내가 잠을 설친 것에 화가 났는지 천막 밖으로 나와 물었다. 제니스라고 불린 사내의 호위무사는 위험한 상황인 것에 바짝 경계하며 대답했다.

"야수의 습격입니다."

"야수? 그깟 짐승들이 뭐가 대수라고 이 난리들이야? 제니스가 가면 금방 잡을 수 있겠지. 얼른 잡아 죽이도록 해!"

"하지만 단주님의 호위를 비울 수는 없습니다."

"하하! 기간트가 다섯 대나 있는 곳에서 나를 위협할 놈들이 있을 것 같아? 거기다 헥토르 후작이 반란을 일으킨 덕분에 이쪽은 락토르 놈들이 얼씬도 안 하잖아."

"맞는 말씀이십니다만… 알겠습니다."

"갔다 오라고. 이왕이면 모피는 상하지 않게 잡으면 더 좋고."

"다녀오겠습니다."

그 와중에도 모피를 챙기려는 상단주를 보며 제니스는 씁쓸한 미소를 흘리며 천막을 떠났다.

"크왕!"

스팟! 샤각!

에일리의 날카롭고 긴 발톱이 스치고 지나간 자리에 짙은 상흔이 남았다. 머리통이 갈라져 죽은 용병이 쓰러질 때 그 옆에 있던 다른 용병이 창을 휘두르며 에일리를 공격했다.

"야수 따위가!"

질풍처럼 찔러들어 가는 용병의 창이 에일리를 잡기 위해 달려들 때 그녀는 순식간에 수풀 속으로 빠져나갔다.

"이, 이익! 빌어먹을!"

용병들은 또 한 명의 동료를 잃은 것에 분기를 터뜨렸다. 일부 투척 무기로 잡으려 한 이들도 있었지만 별다른 상처를 입히지도 못하고 헛방만 치는 통에 계속 피해만 늘어갔다.

"어디로 갔느냐?"

용병들은 뒤에서 들려오는 물음에 얼른 시선을 돌려 상대방을 보았다. 상단의 호위대장이자 익스퍼트급의 검사라는 제니스인 것을 확인하고는 야수가 빠져나간 곳을 가리켰다.

"저쪽입니다."

"따르라!"

제니스가 검을 뽑아 든 채 선두에 서서 에일리를 추격해 갔다. 야수 형태인 에일리의 족적을 추적하여 나가던 제니스는 그 움직임이 자신들을 원을 그리며 돌고 있다는 것을 깨달았다.

"리퍼! 좌측으로!"

"맡겨주쇼!"

"할리는 우측을 맡아라!"

에일리의 동선을 그대로 추적해 나가며 용병들이 공격을 받은 곳과 비교했다.

'시작은 저곳이다!'

제니스는 공격이 시작되었던 그 지점을 파악하고 손을 들어 부하들을 정지시켰다. 그리고 말을 하는 대신 수신호로 빠르게 지시를 내렸다.

끼릭! 패앵!

용병들 중 원거리 무기를 가진 자들이 일제히 쏠 수 있도록 준비하고 나머지도 투척 무기를 손에 든 채 제니스의 신호를 기다렸다.

─내가 선공. 한 번에 공격. 준비!

수신호를 통해 제니스의 명령을 받은 수하들이 일제히 고개를 끄덕이며 알았다는 뜻을 전해왔다.

"후우!"

호흡을 고르며 제니스는 최대한 집중했다.

용병들이 죽어나간 것을 보면 적어도 야수는 자신의 능력에 비해 떨어지지 않는 힘을 지닌 놈이었다.

작은 방심이 죽은 용병들과 같은 신세가 될 것이라 여기고 최대의 난적을 상대하는 마음으로 자신을 몰아세웠다.

타탁! 파파파팟!

순식간에 거리를 좁히며 앞으로 치고 나가는 제니스의 눈에 검은 털가죽이 보였다.

분명 용병들을 습격한 야수가 검은 털을 지닌 놈이라 했으니 틀림없을 것이다.

"하앗! 공격!"

제니스의 외침이 토해지자 세 곳에서 무리지어 포위해 가던 부하들이 일제히 화살과 투척 무기들을 날렸다.

퍼픽! 파가가각!

화살이 박히고 햇치가 날아듦에도 털가죽은 아무런 움직임을 보이지 않았다.

'뭐지?'

의문이 드는 가운데 사선으로 그의 검이 털가죽을 반으로 갈랐다.

'이런, 털가죽?'

야수가 공격했다고 용병들이 말했고 분명 죽어나간 상흔도 그와 같았다. 그런데 자신이 벤 것은 나무에 걸려 있는 털가죽이 전부였다.

'본대가 위험하다!'

지금 제니스는 본대를 지키는 용병 거의 대부분을 몰고 왔다.

비록 본대에 기사들과 기간트 라이어들이 있다고 해도 방심하고 있을 것이 뻔했다.

방심은 곧 죽음과 같음을 오랜 전장에서 뼛속 깊이 깨달았다.

'예상대로 모두 빠져나갔군.'

인간이 공격했다면 저렇게 용병대를 모두 빼서 공세에 나서지는 않았을 것이다.

야수가 공격했고, 그것을 격퇴하기 위해 상단의 무사와 용병들이 나서도록 유도했다. 그리고 기사와 라이더들은 야수의 공격이라 치부하고 유유자적한 시간을 유지하도록 하는 것, 그것이 바로 이안의 작전이었다.

스스스슷!

감시자가 거의 없다고 할 정도로 헐렁해진 감시망이다. 그곳을 뚫고 들어가는 것은 무척이나 쉬운 일이었다.

'저기 있다!'

이안이 노린 것은 위장막으로 둘러놓은 기간트들이었다. 종속 계약의 매개체가 되는 아티팩트는 있겠지만 레이첼이 만든 기간트와는 다르게 아공간이 존재하지 않는 기간트의 약점이 이안의 노림수였다.

'아공간 가방 오픈!'

이안은 기간트로 달려가며 아공간 가방을 열었다.

대마법사 레이첼이 만든 아공간 가방도 분명 그 한계는 존재했다. 하지만 기간트 다섯 대를 집어넣는 것은 충분히 가능할 거라 믿었다.

"입고!"

후웅! 스팟!

아공간 가방에 맞닿은 기간트가 그대로 흔적도 없이 사라져 버렸다.

"적이다!"

"어, 어디? 헉! 기간트가 위험하다!"

야수들과의 싸움을 용병들에게 맡기고 잠이 들었던 기사들과 라이더들이 뒤늦게 뛰쳐나왔다.

아공간 가방으로 기간트를 집어넣으면서 발생한 마나의 유동에 반응하고 나온 참이다.

"잡아라!"

기간트 라이더들은 막 두 대째 기간트가 사라지는 것에 경악하며 달려왔다.

아티팩트를 조작하여 기간트에 탑승하려고 하는 라이더도 있었지만 거리가 너무 멀어 성공하는 이는 없었다.

"늦어."

이안은 달려오는 적들을 보며 조소를 날려주며 다음 타깃으로 움직였다.

"입고!"

세 번째 기간트를 아공간 가방에 집어넣었을 때 기사들이 들이닥쳤다.

"뭐 하는 놈이냐!"

"이 도둑놈의 새끼!"

기사들은 길길이 날뛰며 검을 휘둘렀다. 그들의 공격을 피하며 이안은 계속해서 남은 기간트를 향해 달렸다.

"캬웅!"

기사들의 공격에 반응하여 에일리의 포효 소리가 터지고, 그녀의 저돌적인 반격에 기사들이 주춤거렸다.

"입고!"

후웅! 스팟!

또 한 대의 기간트가 사라지자 발을 동동 구르는 기간트 라이어들은 마지막 한 대라도 구하기 위해 에일리의 견제를 무시하고 달려들었다.

"돌아가라! 트리플 슬래쉬!"

후앙! 쉬쉬쉿!

이안은 라이더들의 돌진에 롱소드를 횡으로 쓸어내며 검세를 펼쳤다.

세 줄기의 검세에 위험을 감지한 라이더들이 뒤로 물러서는 그 순간 이안은 마지막 기간트를 향해 가방을 벌렸다.

"입고!"

아공간의 입구에서 소용돌이치는 블랙홀로 마지막 기간트마저 들어가 버리자 이안은 얼른 아공간 가방을 닫고 품속에 집어넣었다.

"후후! 이제 제대로 붙어볼까?"

"빠드득! 네놈은 도대체 누구냐!"

"글쎄다. 그걸 알아내는 건 네놈들이 알아서 해."

이안은 비아냥거리며 롱소드를 들어 기사들에게 겨눴다.

"뭐하나, 오라고!"

이안의 도발에 기사들은 이빨이 부러져라 힘을 주며 분기를 눌렀다.

"절대 놓쳐서는 안 된다! 포위해!"

기사는 열 명이었고 라이더 다섯 명까지 합해서 모두 열다섯 명이 이안을 포위해 들어갔다.

에일리는 이안의 옆에 납작 몸을 낮추고 언제라도 기사들을 물어뜯을 준비를 하고 있었다.

"저기다! 모두 속보!"

제니스가 기간트가 있던 자리에 대치하고 있는 이안을 발견하고 달려왔다.

'제법 머리가 있는 자로군.'

이안은 멀리 유인한 제니스와 그 수하들이 달려온 것을 보고 입꼬리를 살짝 말았다. 저기 있는 멍청한 기사들보다 훨씬 뛰어난 감각을 지니고 있음을 알아본 것이다.

'슬슬 시간이 되어가던가?'

이안은 슬쩍 하늘을 쳐다보며 달의 기울기를 살폈다. 거의 서쪽으로 넘어가고 있는 것으로 보아 약속된 시간이 다 되어감을 느꼈다.

'치고 빠지면서 유인하면 되겠군.'

이안은 제니스 일행이 거의 접근할 때까지 기다렸다가 움직이기 시작했다.

"안 오면 내가 먼저 가도록 하지. 브레이브소드 9식 라이징 소드!"

후웅! 쉬쉬쉬쉿!

다섯 줄기의 마나소드가 기사들을 향해서 밀려나가고. 그것을 신호로 에일리도 날카로운 발톱을 앞세워 기사들을 공격해 나갔다.

"막아라!"

"타앗!"

기사들은 각자 가장 강력한 한 수를 이안의 검세에 맞춰서 펼쳐냈다

인원이 많은 탓에 공격할 수 있는 곳이 한정되어 있기에 대

부분은 이안의 눈을 가리기 위한 허초에 불과했다.

콰직! 카가가강!

기사들의 면전으로 떠오르는 검세가 채 막아내지 못한 기사의 갑옷을 가르고 들어가 몸통에 치명적인 상처를 남겼다.

"크억!"

기사들은 이안의 놀라운 검술에 경악했다. 목소리를 들었을 때는 고작해야 20대 초반 정도의 어린 청년이었다. 한데 실력은 자신들을 훨씬 능가하는 검사인 것에 놀랐다.

"에일리! 따라와!"

이안은 세 명의 기사 중에서 한 명을 죽이고 나머지 두 명을 뒤로 물러나게 만든 틈을 뚫고 헬카이드의 배꼽 쪽으로 내달렸다.

"자, 잡아라!"

"쏴라! 화살을 날려라!"

기사들은 자신들보다 강한 이안이 왜 도주하는지 의아했지만 곧 제니스가 달려오며 용병들이 화살을 날리자 그의 선택을 이해할 수 있었다.

"이런! 쫓아라! 반드시 잡아야 한다!"

"넵!"

제니스를 선두로 용병들이 달려가고 그에 편승하여 기사들까지 추격에 동원되었다. 그러자 폭풍이 휩쓸고 지나간 것

처럼 변해 버린 천막촌에 몇 사람들이 어리바리한 모습으로
나타났다.

"이게 무슨 일인지……."

"기간트를 도둑맞다니… 말도 안 되는 상황이 벌어졌군."

험프리는 자신의 보호자 겸 감시인 자격으로 온 기사의 말
에 눈을 동그랗게 떴다.

"기, 기간트를 도둑맞아요? 그게 가능한 겁니까?"

"나도 보고도 믿지 못하겠군."

"허허, 기간트를 도둑질하다니… 누군지 모르지만 엄청난
놈 같은데요?"

"그렇겠지. 이론상으로 기간트를 넣을 수 있는 마법 가방
은 8클래스의 끝에 이른 대마도사여야 할 테니까 말일세. 지
난 200년간 8클래스의 초입은 등장했어도 극에 이른 대마도
사는 등장하지 않았거든."

"아, 그렇군요. 그럼 도둑질한 사람이 8클래스의 대마도
사? 마, 말도 안 됩니다."

"나도 알아. 8클래스의 대마도사면 여기 있는 우리 정도는
한 방에 해결할 수 있는 능력자니까 말이지. 아마 고대시대의
유물을 손에 넣었다거나 하는 자겠지."

"크음, 그렇게 말씀하시니 이해가 되는군요."

"아무튼 상황이 이상하게 돌아가니 약속한 대금을 빨리 받

아야겠어. 뭔가 수상하다는 생각이 들어서 말이야."

기사는 지금 도둑이 기간트를 훔친 게 아니라 저들이 쇼를 하는 것은 아닌지 의심하고 있었다. 기간트를 넣을 정도로 뛰어난 아티팩트는 지금까지 손에 꼽을 정도로 고대의 던전에서 발굴되는 정도였다. 왕국의 국왕이나 최저 공작급은 되어야 하나 정도 가지고 있을 정도로 희귀한 아티팩트를 일개 도둑이 가지고 다닌다는 것이 믿어지지 않은 탓이다.

"저들을 의심하시는 겁니까?"

"지금 벌어지는 상황이 너무 황당하지 않은가? 있을 수 없는 일은 아니지만 그럴 가능성이 얼마나 되겠나? 이곳이 사람들이 관심을 가질 만한 뭔가가 있는 곳도 아닌데 말이야."

"딴은 그렇습니다. 일단 최대한 재촉해 보겠습니다."

"그렇게 하게. 주군께서 대업을 이루시려면 300만 골드의 자금을 꼭 가지고 돌아가야 하네."

기사는 마나석 광산을 넘기고 그 대가로 받게 될 300만 골드의 용처가 어디인지 알고 있었다.

만일 이번 일이 틀어지게 된다면 남부 왕국으로부터 와야 할 기간트 전력이 중간에서 사라지게 됨을 의미하니 무조건 완수해야 하는 임무였다.

쎄엑! 퍼억! 쎄에엑!

뒤에서 날아드는 화살을 감각적으로 피해가며 이안은 에일리를 데리고 약속된 지점으로 향했다.

'저 형태는… 함정이다!'

이안은 드워프들에게 부탁하여 적을 막아낼 수단으로 함정을 선택했다. 비록 비겁하다는 소리를 들을망정 이쪽의 세를 드러내지 않는 방법으로는 최고였다.

"쫓아라! 저쪽으로 간다!"

미친 듯이 쫓아오는 제니스와 백여 명에 달하는 용병들이 우레와 같은 함성을 지르며 토끼몰이 하듯이 이안을 몰아갔다.

물론 그것은 그들의 착각이지만 헬카이드의 배꼽이 시작되는 거대한 절벽 쪽으로 몰아가는 것이라 그렇게 믿었다.

'조금만 더 가면 도망갈 곳이 없는 암석 절벽 지대. 잡을 수 있다.'

제니스는 반드시 잡아야 할 도둑을 몰아가며 빠져나갈 길을 막기 위해 기사들과 라이더들에게 부탁하여 다른 쪽으로 가게 했다.

파각!

"으! 으아아악!"

"하, 함정… 으헉!"

달려가던 용병 중에서 일부가 갑자기 사라지며 함정이 있음을 알렸다.

땅속으로 빨려들어 가버린 그들로 인해 제니스와 용병들의 움직임이 일제히 정지되었다.

"일부러 이쪽으로 온 것이냐? 이노옴!"

제니스는 용병들의 어이없는 죽음에 이를 갈았다.

하지만 화살이 거의 미치지 않는 곳에 서서 히죽 웃는 이안을 당장 어떻게 할 방법이 없었다.

"조심해서 쫓아라! 내가 선두에 선다!"

마나를 다루게 되면 우선 육체적인 능력이 비약적으로 발전하게 된다. 그리고 작은 것에도 느껴지는 감각이 일반인에 비해서 월등했다.

그것을 믿고 자신이 먼저 앞으로 나서며 용병들을 뒤에 따르게 했다.

"후후! 정말 좋은 리더로군."

적이기는 해도 정말 뛰어난 자임에는 분명했다. 부하들을 아끼고 몸소 위험이 있는 곳에 나선다는 것만으로도 리더의 자질은 충분했다.

"이러고 있을 때가 아니지."

이안은 좌우로 기사들과 라이더들이 다가오고 있음을 알고 있었다. 포위당해서 좋을 것은 없으니 서둘러 약속된 장소로 움직였다.

기깅! 부아아앙!

"피해!"

제니스는 발끝에 살짝 걸리는 무언가를 느끼고, 이내 커다란 나무 사이로 통나무가 덮쳐오는 것에 피하라고 소리를 질렀다.

콰앙! 콰지지직!

미처 피하지 못한 용병 두 명이 그대로 통나무에 치여 죽어나갔다. 다행히 다른 이들은 피했지만 또다시 피해를 입은 것이다.

'반드시 죽인다! 네놈만은 죽이고 말 테다!'

제니스는 이렇게 치욕적인 상황은 처음으로 겪어보는 것이다.

적은 한 명이었고 비록 야수가 함께한다지만 그래 봐야 둘이었다.

그런 적에게 벌써 30여 명에 달하는 용병이 죽어나갔으니 이가 갈릴 만했다.

"그만 추격을 멈추는 것은 어떻겠습니까? 함정이 너무 많이 깔려 있소. 지금은 어두워 그 함정을 발견하는 것이 어려우니… 날이 밝으면 다시 추격합시다."

용병들의 우두머리 격인 자가 나서며 추격에 회의적인 반응을 보였다. 계속해서 죽어나가니 서서히 질려가던 참이고,

어둠은 왠지 모르게 공포를 심어주는 마력이 있었다.

"으득! 놈이 기간트를 훔쳐 갔다. 그런 놈이 도망가면 그 책임은 누가 질 것인가!"

제니스의 말에 용병들은 인상을 구겼다.

기간트는 나라에서 통제하기에 그 가격이 상상을 초월할 정도로 비쌌다.

간혹 암시장에 나오는 기간트의 가격이 대당 10만 골드를 넘어섰고, 작은 남작령은 기간트 한 대로도 구입할 수 있을 정도였다.

"계속 추격한다. 양쪽으로 기사들과 기간트 라이더들이 쫓고 있으니 금방 잡을 수 있다. 따르라!"

"알겠소."

용병들은 마지못해 제니스를 따라 추격에 나섰다. 그러나 이전보다는 훨씬 소극적인 움직임을 보였고, 여차하면 좌우로 몸을 날려 피할 태세였다.

"브레이브소드 8식 트윈 크로스!"

후앙! 쉬이잇! 쉬잇!

나무 위에서 뛰어내리며 접근해 오고 있는 기사를 향해 검세를 날렸다. 창졸간에 기습을 당한 기사는 그대로 머리가 갈라지며 죽어나갔다.

"놈이다! 잡앗!"

동료를 잃은 기사들은 치고 빠지는 수법으로 하나씩 인원을 줄이고 있는 이안에게 분노의 검세를 날려댔다. 저돌적인 대시에 이은 차징 공격을 하는 자를 선두로 방패치기와 검격의 조합을 만들어내며 치고 들어오는 자들까지 다양한 패턴의 공격이 쏟아져 들어왔다.

"또 보자고!"

손까지 흔들어주는 여유를 부리며 이안은 넝쿨을 잡고 나무 위로 다시 솟구쳐 올라갔다. 그리고 나뭇가지를 밟고 그 탄력으로 다른 나무로 뛰어넘으며 사라져 갔다.

"저쪽이다! 쫓아라!"

약이 바짝 오른 기사들이 이안이 도주한 방향으로 맹렬히 질주해 나가자 반대쪽에서도 제니스와 용병들이 달려왔다.

"어떻게 된 거요?"

기사의 물음에 제니스는 나무 위를 가리키며 말했다.

"저놈을 쫓아오다 보니 이곳이었소."

"흠, 결국 저곳이 저놈의 마지막이라는 건데……."

가파른 바위 절벽이 나무 사이로 보였다. 그곳으로 도주하는 이안의 형체가 어슴푸레하게 보였기에 거의 다 잡았다는 확신이 들었다.

"추격합시다. 저 절벽을 기어오르지는 못할 테니까 말이요."

"그럽시다. 가자!"

제니스와 합류한 기사들까지 이안이 마지막으로 도착한 바위 절벽 아래로 추격해 들어갔다. 곧 나무들이 사라지고 꽤 넓은 공터가 모습을 드러냈다. 그리고 그곳의 커다란 바위 위에 서 있는 이안이 롱소드 한 자루에 의지한 채 그들을 기다리고 있었다.

"개 같은 새끼! 드디어 잡았구나!"

수많은 함정 탓에 처음에 추격에 나섰던 용병의 절반 정도가 죽어나갔다. 기사들까지 합쳐서 60여 명이 채 안 되는 인원이 이안이 서 있는 바위를 포위해 갔다.

"수고 많았다. 여기까지 오느라고. 후후후!"

이안은 싸늘한 조소를 날렸다. 어차피 살려둘 가치가 없는 자들이기에 이 자리에서 모두 제거할 생각이다.

"홍! 네놈이 아무리 대단하다고 해도 우리 전부를 이길 수 있을 것 같으냐!"

제니스가 검을 겨누며 소리치자 다른 이들도 덩달아 험악한 기세를 일으키며 병장기를 꼬나 쥐었다.

"뭐 그거야 해보면 알겠지. 그렇지 않겠어?"

너무도 여유로운 이안의 모습에 제니스는 혹시나 하는 생각을 했지만 주변에서 느껴지는 기운은 없었다. 그러나 저 여유로움이 너무도 수상하여 혹시 모를 사태에 대비하고자 했다.

"빌, 넌 돌아가서 상단주님께 보고하도록 해."

"저 혼자 말입니까?"

"우리가 이긴다면 상관없지만 혹시라도 전멸당한다면…
상단주님께 이곳을 떠나라고 말씀드려라. 어서!"

"명령이시라면 따르겠습니다만… 일단 뒤쪽에서 지켜보도
록 하겠습니다."

"그렇게 해."

상단의 호위무사 가운데 발이 가장 빠르고 활을 주 무기로
쓰는 그라면 혹시 모를 상황에서도 이곳의 상황을 전할 수 있
을 것이다.

"조심하십시오."

빌이 은밀히 뒤로 빠져나가는 것을 바위 위에서 본 이안은
빙긋 미소를 지었다. 왜 자신이 이곳에 혼자 있는지 저 제니
스라는 대장은 모르고 있는 것 같아 그것이 재미있었다.

'아니면 저자가 대단한 능력을 가지고 있거나… 둘 중에
하나겠지.'

이안은 서서히 접근하는 적들을 보며 롱소드를 겨눴다. 이
제부터 진정한 지옥이 무엇인지 저들에게 몸소 가르쳐 줄 작
정이었다.

"마검사가 왜 무서운 존재인지 알게 해주마. 스트렝스! 헤
이스트! 아이언스킨!"

동시에 세 가지의 마법이 이안의 몸에 스며들자 기사들은 깜짝 놀랐다. 자신들을 여유롭게 가지고 놀던 상대방이 마검 사라는 것은 지금까지 최선을 다하지 않았다는 것을 반증하기 때문이다.

"으으, 한 번에 쳐라! 상대는 강하다!"

"공격하라!"

기사들이 제일 먼저 달려가고 그 뒤를 제니스를 비롯한 상단의 무사들이 따랐다. 그런 그들의 공격에 이안은 비릿한 조소를 머금은 채 바위를 박차고 공중으로 솟구쳐 올라갔다.

5장
미꾸라지 같은 놈!

압도적이라는 것이 무엇인지 보여주는 이안의 공격에 기사들은 치를 떨었다.

최상급의 익스퍼트가 마법까지 사용하면 마스터에 준하는 실력이 된다는 것도 지금에서야 깨달은 그들이다.

카앙! 투두둑!

검과 검이 맞부딪쳤을 때 이안의 검을 막아낸 기사는 팔목이 부러져 나가는 줄 알았다.

동시에 손에 들려 있어야 할 검이 부러지며 옆구리로 날카로운 검날이 깊게 베고 지나가는 것을 느꼈다.

"크윽……!"

손으로 부여잡았을 때는 이미 몸 안에 있어야 할 것들이 쏟아져 나오고 있었다.

"이, 이… 이놈!"

마지막 힘을 쥐어짜 이안을 덮쳐간 기사는 그의 다리라도 잡아서 동료들이 복수할 수 있게 하려 했다.

그러나 몸을 날린 그의 등을 밟고 다른 동료에게로 뛰어가는 이안을 보며 눈도 감지 못하고 차디찬 바닥에 떨어져 내려야 했다.

"으으! 도망가라! 산개하여 집결한다!"

제니스는 기사들이 도륙당하고 방패를 들고 선두에 선 용병들마저 무참히 죽은 것에 퇴각 명령을 내렸다.

이제 고작해야 스무 명도 남지 않은 상황이기에 몇이나 살아서 돌아갈 수 있을지는 의문이었다.

피잉! 쎄에에엑!

"피해라! 궁수가 있다!"

누군가 화살을 맞고 쓰러지는 것을 보고 외쳤다. 그러자 도망가려고 하던 용병들의 움직임에 제약이 걸렸다.

"한 놈도 남기지 말고 죽여라! 쏴라!"

절벽 위에 모습을 드러낸 드워프 전사들이 마수들과 싸울 때 사용하던 대형 크로스보우를 겨누고 있었다. 그들의 등장에 제니스는 이제야 지독한 함정이라는 것을 깨달았다.

'빌이라도 돌아가야 할… 이런!'

고개를 돌려 빌이 달려가고 있는 방향으로 시선을 돌리자 그의 눈에 들어온 것은 검은 갈기를 흩날리며 빌을 공격하고 있는 한 마리의 야수였다.

저항다운 저항도 해보지 못하고 죽어가는 빌의 육신이 쓰러져 내렸을 때 분노로 인해 이성의 끈이 사라져 가는 것을 느꼈다.

"이놈! 용서하지 않겠다!"

제니스는 상대가 아무리 강하다 하더라도 동귀어진이라도 할 각오로 달려들었다.

죽음을 각오해서일까, 제니스의 검이 이전과는 사뭇 다른 힘과 위력을 발휘했다.

투캉! 카앙! 카캉!

쉴 새 없이 몰아치는 제니스의 검을 이안이 부드럽게 쳐냈다.

지금은 아니지만 예전만 해도 이안의 가문인 레이너 가는 반쪽짜리 수비 검식으로 유명했다. 막는 것은 최고라는 그 명성 그대로 이안의 검식은 부드러운 가운데 물샐틈없이 펼쳐지며 제니스를 상대했다.

"이익!"

아무리 후려쳐도 뚫리지 않는 이안의 검식에 투로를 따라가며 미친 듯이 소리를 질렀다. 마치 자기 자신에게 암시라도 걸 듯이 기합을 터뜨리는 제니스의 모습에 용기를 얻은 용병들이 몰려들었다.

어차피 벗어나려 해도 절벽 위의 드워프들이 날리는 강력한 위력의 크로스보우에서 날아오는 쿼렐의 제물이 될 뿐이다. 그럴 바에는 이안이라도 잡아야 하는 이판사판이 되어버린 것이다.

"죽어라, 요놈!"

절벽 위의 드워프 전사는 용병들의 이동을 따라 크로스보우를 겨냥하다 예측 사격으로 앞쪽을 향해 쿼렐을 날렸다.

파각!

투구를 뚫고 박히는 쿼렐에 팔짝 뛰며 득의의 미소를 지었다.

"세 놈째 잡았고! 옳지! 다음은 네놈이다!"

"마! 그놈은 내 거야! 죽어랏!"

드워프들은 신이 나서 크로스보우를 쏘아댔다.

마계에서 태어나서인지 그들의 성정은 무척이나 전투적이었고 피가 튀는 싸움을 그 무엇보다 좋아하는 모습을 보였다.

"헉! 헉!"

제니스는 하나둘 쓰러져 가는 부하들과 용병들을 느꼈지

만 눈앞의 괴물을 공격하느라 그들을 외면하고 있었다.

그러다 어느 순간 이안이 뒤로 물러섰을 때 주변을 살필 여유가 생겼다.

'이럴 수가!'

아무리 함정에 빠졌다고 해도 살아남은 자가 자신이 유일하다는 것에 경악했다.

압도적인 숫자로 밀어붙이면 승리할 수 있다고 믿은 때가 바로 얼마 전인데 지금의 상황은 꿈이 아닐까 싶을 정도이다.

"이제 너 하나 남았다. 어찌할 테냐?"

롱소드를 들어 자신을 지목하는 상대의 말에 제니스는 절망에 빠져들었다.

그는 자신의 맹공을 상대하면서 하나둘씩 옆으로 달려드는 동료들을 제거했다. 그것을 떠올리자 절망에서 깨어나 이안을 쳐다보며 물었다.

"왜 나를 살려준 것이오?"

제니스의 물음에 이안은 고개를 살짝 저으며 말했다.

"아직 살려준 것은 아니야. 어떻게 할까 목하 고민 중이지."

"그렇소? 흐흐! 이 미천한 제니스가 고민의 대상이라니 이거 영광이라고 해야 하는 거요?"

"그럴 것까지는 없고, 그냥 변덕이라고 해두지."

"크크크!"

자조 섞인 제니스의 웃음소리를 들으며 이안은 곁으로 돌아온 에일리의 갈기를 쓸어주었다.

"캬웅! 캬아아웅!"

에일리는 왜 저놈을 남겨두었냐며 물었다. 이안을 죽이려고 하는 존재는 모두 에일리에게 나쁜 적일 뿐이고, 적은 모두 격멸시켜야 하는 거라고 알고 있었다.

"괜찮아. 아, 에일리, 저기 이상한 갑옷 입은 놈들을 좀 모아와."

"캬웅!"

에일리는 주인의 명령이 떨어지자 잽싸게 움직여 죽은 라이더들을 한곳에 모았다. 그러자 이안은 그들의 품을 뒤져 마나를 머금고 있는 물건들을 꺼냈다.

'단검의 형태로 만들었군. 역시 체이스 놈들이 하는 짓이 그렇지.'

단검의 손잡이에 음각으로 새겨진 마법진과 그 중앙에 박혀 있는 작은 마나석이 기간트에 탑승할 수 있는 아티팩트였다.

"훗! 너무 쉽게 생각하지 마시오. 아티팩트를 가지고 있어도 계약을 맺는 고유의 방식을 모르면 무용지물에 불과하니."

"뭐 그럴 거라 생각하고 있으니 걱정하지 않아도 될 거야. 정 안 되면 로크 제국에 팔아넘기면 되는 거고."

"큭! 체이스 제국의 추적을 받게 될 거요. 기간트에는 멀리서도 추적할 수 있는 장치가 되어 있으니 말이오."

"알아. 하지만 아공간 가방 안에 든 것은 추적할 수 없지. 안 그래?"

"아, 아공간 가방……."

제니스는 왜 자신이 적과 말을 나누고 있는지 자문해 보았지만 답은 알 수 없었다.

막연히 자신을 살려준 의문의 적에 대해서 알고 싶다는 생각이 들었다. 그러다 기간트의 아티팩트를 챙기는 것에서 그가 아공간 가방을 가지고 있다는 것을 뒤늦게 생각해 냈다.

"그거 어디서 난 거요? 기간트를 집어넣을 정도면 황제나 되어야 가질 수 있는 물건인데."

"후후! 그러게. 길 가는데 떨어져 있더라고."

이안이 장난스럽게 둘러대자 제니스가 입을 씰룩이며 쏘아붙였다.

"아무리 적이라고 해도 좀 진정성이 느껴지는 말을 하쇼. 길 가다 줍는 게 아공간 가방이면 개나 소나 다 들고 다니는 물건이겠수다."

"뭐 그럴지도. 나처럼 목숨을 걸고 싸워 이긴다면 가능하겠지."

이안은 그렇게 말하며 바위에 걸터앉았다. 챙겨야 할 것은 모두 챙겼고 이제 남은 것은 눈앞의 남자를 어떻게 처리하느냐 하는 결정만이 남아 있다.

"어떻게 했으면 좋을까?"

"뭘 말이요?"

"죽일까, 살릴까? 어떻게 하는 게 좋겠어?"

"크큭! 세상에 죽고 싶은 사람도 있을까 봐 묻는 거요?"

"적을 살려두는 것은 바람직하지 않은 짓이니까 묻는 거잖아?"

계속해서 질문으로 이루어지는 대화가 두 사람 사이에서 이루어졌다.

이안은 자신이 원하는 대답을 듣기 위해서 질문을 던졌고, 제니스는 그 대답을 하지 않기를 바라며 역으로 질문을 던졌다.

"그래서 어떻게 하자는 거요? 나를 모욕하려거든 그냥 깨끗하게 죽이시오!"

강한 투기를 드러내며 말하는 제니스는 더 이상의 모욕을 겪느니 장렬하게 싸우다 죽겠다는 결심을 내보였다.

"적으로 만났지만 앞으로도 적이어야 할 이유는 없지 않겠나?"

이전의 어투와는 달라진 이안의 말에 제니스는 그의 눈을 똑바로 쳐다보았다.

한 치의 흔들림도 없는 깨끗한 안광이 그의 눈에서 흘러나왔고, 강인해 보이는 눈매에는 진중함이 묻어 있었다.

"난 이번에 헥토르 후작의 반란에 반대하여 싸우고 있는 이안 레이너라고 한다. 운이 좋아서인지 선조께서 남긴 유물을 얻었고, 그걸 통해서 지금의 나를 만들었지. 한데 말이야, 그 힘을 얻었지만 이 세상을 생각해 보니 내 자신이 너무 미약하다는 것을 느꼈다. 그래서 힘을 더 키우고 싶어졌고, 뛰어난 사람을 보면 욕심이 생기더라고."

"음……."

제니스는 이안의 말을 들으며 그가 무언가를 꿈꾸고 있는 자라는 것을 알 수 있었다. 지금은 어리고 세력도 없지만 나중에는 강력한 힘을 만들어내어 세상을 향해 포효를 터뜨리려 함을 말이다.

"나는 그대를 꽤 뛰어난 인재라 생각했다. 그 뚱땡이 상단주에게는 어울리지 않는 뛰어난 인재."

"나보고 배신을 하라는 것이오?"

제니스가 묻자 이안은 고개를 저었다.

"아니. 배신은 나도 좋아하지 않는 단어야. 해서 제안을 하나 하지."

"말하시오. 무슨 제안인지 들어나 봅시다."

"난 지금 이 길로 뚱땡이 상단주를 죽이러 갈 거야. 그대는 잠깐 기절해 있다가 그놈이 죽으면 새로운 주인을 찾는 거지. 어떻게 생각해?"

"그건… 그 역시 배신이오. 주인을 지키지 못한 것은 내 임무를 저버리는 행동이란 말이오."

"불가항력이라는 말이 있지. 그리고 그대의 주인은 너무 과한 욕심을 부렸고. 이곳은 락토르 왕국이야. 체이스 제국이 아니라. 그런 적국에 들어와서 마나석 광산을 집어삼키려고 하다니 죽어도 싸지."

이안의 말대로다. 타국, 그것도 적국에 들어가 마나석 광산을 차지하려고 한 것부터가 잘못된 선택이었다.

비록 윗선에서 내려온 명령에 따른 거라지만 독차지할 욕심에 자신의 세력만 이끌고 온 것이 최악 중의 최악이었다.

"날 믿어보는 게 어떻겠어? 적어도 후회하지 않을 선택이었다고 만들어줄 테니까 말이야."

조금은 장난스런 어투였지만 눈빛은 그 누가 보여주던 것보다 강인하고 묵직했다.

'적어도 최상급의 익스퍼트가 분명하다. 그리고 마법 실력도 그에 준하는 것이고. 드워프들까지 그를 돕는 것을 보면……'

생각은 그리 길지 않았다. 남자는 자신을 알아주는 자를 위해서 목숨을 건다고 하지 않던가.

이제껏 살아오면서 이렇게 자신을 원하는 사람은 본 적이 없다. 그저 돈을 던져주며 종 부리듯이 부리는 인간들에 슬슬 지쳐가는 참이기도 했다.

"하아, 주군으로 모시겠습니다. 제니스입니다."

제니스는 처음으로 머리를 숙이고 주군으로 모시는 사람이 이안인 것에 다행스런 선택이었음을 나중에 느끼게 될 것이다.

그리고 그 선택으로 폭풍의 기사 제니스로 불리게 되는 것도 나중의 일이다.

"아직 아무도 안 돌아왔는가?"

로베르트 상단주는 기사들과 라이더, 그리고 제니스까지 모두 몰려간 상황이 너무 오래 걸리자 남은 호위무사들을 향해 외치듯이 물었다.

"잉? 뭐, 뭐야? 아무도 없느냐!"

열 명 정도의 상단 호위무사들이 남아 있어야 정상이다. 그들은 제니스를 따라가지 않고 자신의 곁을 지키도록 했다.

"이, 이것들이……."

어디서 농땡이를 치고 있는 거라 생각한 로베르트는 천막을 열고 직접 바깥으로 나섰다. 그러나 어디에도 상단의 호위 무사들은 보이지 않았다.

퍼억!

"끄륵……."

로베르트는 뒤통수에서 느껴지는 격통에 이어 시야가 흐려지는 것을 느꼈다. 쓰러지는 와중에 살짝 보이는 것은 정체를 알 수 없는 남자의 모습이다.

"상단주도 잡았고, 이제 남은 것은 험프리 그자인가?"

이안은 조금 떨어진 곳에 있는 험프리와 그와 함께 있는 헥토르 후작가 기사들의 막사로 시선을 옮겼다.

챙! 채앵!

적들도 로베르트 상단주가 흘린 나직한 신음 소리를 들었는지 검을 뽑아 들고 한곳으로 모여들었다.

"누구냐! 썩 나오지 못할까!"

고함을 지르는 기사를 보며 이안은 이미 들킨 상황이라 천천히 그들 앞으로 나아갔다.

"네놈은 누구냐! 누군데 이리도 무도한 짓을 벌인단 말인가!"

"무도한 짓은 네놈들이 하는 짓이라 생각하지 않나?"

이안의 말에 뭔가 느끼는 바가 있는지 후작가의 기사는 검을 겨누며 말했다.

"네놈이 바로 그놈이로구나?"

"나를 아나?"

"크크크! 안 그래도 네놈의 이야기를 주군께 듣고 호승심을 느낀 지 오래다. 오라!"

자신의 이야기를 헥토르 후작이 했다는 말에 이안은 검을 뽑으며 그의 뒤에 숨어 있는 험프리에게 말했다.

"네놈을 처리하는 것은 나중으로 미뤄야겠군. 조금만 기다리도록."

싸늘한 이안의 말에 험프리는 그제야 이안의 정체를 떠올리며 손가락질했다.

"이, 이… 내 가방을 어떻게 했느냐? 이 씹어죽일 놈!"

험프리는 자신의 모든 것이 들어 있는 가방이 사라진 이후 절망했다.

그러나 그걸 잃은 이상 헥토르 후작에게서 벗어날 수 없음을 깨닫고 재빠르게 그에게로 돌아왔다. 그런 상황에서 이안을 보게 되자 자신의 가방을 되찾을 수 있을 거라는 욕심에 방방 뛰며 손가락질을 해댔다.

"홋! 어리석은 놈, 네놈은 가장 나중에 죽여주지. 오너라!"

이안이 기사에게 검을 겨누며 외치자 헥토르 후작가의 기사들은 생사대적과 겨룬다는 생각으로 삼면에서 치고 들어오며 이안을 압박했다.

'제법이로군.'

그들은 지금껏 상대한 체이스 제국의 기사들보다 한 단계 위의 움직임을 보여주었다.

비록 로베르트 상단의 기사들이기에 정통 무가의 기사들과는 다를 것이지만 헥토르 후작가의 기사들은 전원이 중급의 끝자락 이상의 실력을 선보였다.

촤락! 쎄에에엑!

좌우에서 베고 중앙에서 밀고 들어오는 합격술도 상당히 위협적이었다. 그들의 공세를 막아내기 무섭게 다른 이들이 연이어 공세를 취하고 방향을 틀어 뒤에서 쳐내는 공격은 상당히 정교하게 이루어졌다.

"브레이브소드 6식 트리플 트라이앵글소드!"

이안은 수비식의 마지막 초식을 펼쳐냈다. 삼면을 돌며 검세를 연달아 펼치자 그의 검에 막힌 기사들의 공격이 모조리 튕겨져 나갔다.

"크웃, 대단한 힘이다."

"조심하라! 힘으로 맞설 생각은 하지 말도록!"

기사들은 이안의 검과 부딪치자 사정없이 뒤로 밀리는 것에 의견을 나누며 싸움을 조율하는 모습을 보였다.

"훗! 힘이 전부는 아니지."

이안은 사방에서 치고 들어오는 적들의 공세에 분주하게

검을 놀리다 기회를 엿보았다. 이전의 적들과는 비교할 수 없을 정도로 뛰어난 이들로 한순간의 방심도 허락지 않는 것에 철저한 수비식으로 막아내야 했다.

'기회다!'

강한 힘에 밀려난 기사와 뒤에서 연달아 공격을 펼치려던 자의 신형이 꼬였다. 그들이 충돌을 피하기 위해서 신형을 트는 그 순간을 노려 이안은 쾌검식을 펼쳐내며 치고 나갔다.

쉬릿! 스걱!

"뚫린다! 막아!"

절대 합격진 안에서 싸우게 해야 할 존재인 것에 기사들의 리더가 소리를 지르며 이안에게 일격을 날렸다.

"늦었어!"

이안은 그 공세가 미치기도 전에 치고 나가며 좌우의 기사들에게 연환격을 쳐냈다.

카캉! 카가가각!

한쪽은 가까스로 막아내며 피해냈지만 우측의 기사는 이안의 마지막 공격에 실린 힘을 이겨내지 못하고 반으로 갈라지며 죽어갔다.

"이노옴!"

기사들의 리더는 상급의 익스퍼트로 50cm에 달하는 마나 소드를 만들어내어 이안의 등판을 향해 거칠게 달려들었다.

'도합 세 놈인가?'

이안은 리더의 좌우에서 같이 쇄도해 들어오고 있는 자들까지 일격에 쓰러뜨리기로 작정했다. 아직은 마나가 모자라 몇 번 사용하지 못하는 검술이지만 저들을 상대로 빗나갈 일은 없을 것이다.

"하압! 브레이브소드 12식 디스트로이어!"

브레이브소드의 최후 초식으로 모든 마나를 집약시켜 펼쳐내는 최강의 검술이 펼쳐졌다.

'좀 더 강하게… 폭발시킨다!'

마나 싸이클을 다른 때보다 더 강하게 폭발시키듯이 움직이며 검에 집중시켰다. 그러자 낭창낭창 피어오르는 오러스레드가 꼿꼿하게 일어서며 무시무시한 빛을 토해냈다.

"헉! 피해라!"

"오러스레드! 물러서!"

덮쳐가는 검세를 회수하는 것은 무척이나 어려운 일이다. 그럼에도 범의 아가리로 고개를 들이미는 것보다는 낫다는 생각에 물러서야겠다고 그 짧은 순간에 결정하고 외쳤다.

"늦었다!"

이안의 신형이 검과 합쳐지며 그대로 기사들을 덮쳐갔다.

"크, 크아아악!"

오러스레드에 휩쓸려 가루가 되어 죽어가는 기사가 마지

막 단발마의 비명을 터뜨렸다. 웅웅거리는 오러스레드가 미치는 범위에 있던 다른 자들도 그리 좋은 모습은 아니었다.

"으으……."

"너만 남은 것 같군, 헥토르의 기사."

한 번에 다섯의 기사가 죽어나간 것이다. 비명을 지른 이는 하나였지만 다른 이들은 그렇게 비명을 지를 사이도 없이 오러스레드에 의해 속절없이 쓸려나가 버렸다.

"칼론 기사님! 이리로!"

뒤쪽에서 싸움의 경과를 지켜보고 있던 험프리가 경악에 어린 눈빛을 하고 외쳤다. 그의 손에 들린 양피지에서 미약하나마 마나가 느껴졌다.

'스크롤?'

마법을 담아놓은 것이 마법 스크롤로 만든 자의 능력에 따라 많은 차이가 나지만 마법을 몰라도 사용할 수 있는 장점을 가진 물건이다. 그것이 험프리의 손에 들려 있고, 지금 사용할 수 있는 거라면 텔레포트와 관련된 것일 가능성이 99.9%였다.

"곧 발동됩니다! 어서요!"

"늦었네. 자네만이라도 탈출하여 주군께 이 사실을 알리게."

칼론이라고 불린 기사는 이안이 험프리에게 갈 수 있는 방향으로 먼저 움직여 그를 등지고 섰다.

'이런 미꾸라지 같은 놈.'

이안은 험프리의 손에 찢겨진 마법 스크롤에서 밝은 빛 무리가 흘러나오는 것을 보며 입술을 깨물었다. 아마 지난번에도 저 스크롤을 사용하여 빠져나갔을 것이다. 생각할수록 분노를 치밀게 하는 놈이란 생각에 그 분노를 칼론에게 거칠게 풀어냈다.

카앙! 카카카캉!

미친 듯이 퍼붓는 공세에 칼론은 속절없이 밀려나며 온몸에 상처를 입어야 했다.

채 열 수도 버티지 못하고 검까지 놓쳐 버린 칼론의 목을 잘라냈다.

"후우, 미꾸라지 같은 놈. 빌어먹을!"

이곳에서의 일이 헥토르 후작에게 알려진다면 더 많은 적이 마나석 광산을 노리고 밀려올 것이다. 그렇게 된다면 소수의 병력으로 막아야 하는 입장에서는 최악의 상황이 될 수 있었다.

쫘악!

거칠게 후려친 뺨에서 고통을 느꼈는지 기절해 있던 로베르트 상단주가 깨어났다.

"으음, 누, 누구……."

주위를 두리번거리는 그가 발견한 것은 이안과 자신의 호위대장인 제니스, 그리고 검은 갈기를 지닌 야수 한 마리였다.

"제, 제니스, 어떻게 된 일인가?"

"죄송합니다, 상단주님."

제니스가 미안한 표정으로 고개를 숙이자 로베르트는 그가 변심한 것을 깨닫곤 볼살을 푸들거리며 소리를 질렀다.

"이놈! 네놈을 내가 얼마나 대우해 줬는데!"

퍼억!

"커헉!"

복부에 파고드는 이안의 발길질에 로베르트는 고통스런 신음을 흘렸다.

"닥쳐라! 상황 파악 못하고 떠든다면 네놈의 팔부터 자르고 시작할 테니!"

"으으……."

이안이 내뿜는 살기에 로베르트는 정신이 번쩍 들었다. 화를 내봐야 돌아오는 것은 매질뿐일 것이고, 최후에는 죽임을 당하고 말 것이다.

"이곳에 온 목적이 마나석 광산 때문이 맞는가?"

"그, 그렇다."

"홋! 이곳이 락토르 왕국의 영역임을 알면서도 오다니. 그 정신만은 대단하다고 해주지."

정신이라고 했지만 그 탐욕에 진정으로 박수를 쳐주고 싶었다. 적국에 목숨을 걸고 왔다는 것만으로도 그것은 탐욕으로서는 최상위권이라 생각한 것이다.

"한 가지만 더 묻지. 이 광산을 알려준 이가 누군가?"

"그, 그야 당연히 헥토르 후작이다."

"대가는 뭐였지?"

이안의 물음에 로베르트는 입을 다물었다. 자신의 품에 들어 있는 체이스 제국은행 발행의 전표가 걸린 일이기에 목숨을 걸고 입을 다물어야 했다.

"홋! 매가 부족한가 보군."

이안은 입을 굳게 다문 욕심이 덕지덕지 붙은 로베르트의 얼굴을 보며 조소를 머금었다.

"아니지. 그냥 벗어."

"뭐, 뭐 하는 짓이냐! 감히……!"

퍼억! 퍼퍼퍼퍽!

감히라는 말이 나온 그 순간 이안의 주먹과 발이 사정없이 로베르트의 전신을 가격했다. 쓰러지려 할 때마다 반대쪽을 가격하여 도로 세우는 신공을 발휘하며 급소를 피해 그만 소리가 나올 때까지 후려쳤다.

"제, 제발… 그만… 그만 하시오."

"훗! 하시오? 더 맞아야겠군."

"아, 아닙니다. 추, 충분히……."

"벗어. 두 번 말 안 한다."

"으으……."

로베르트는 이안의 싸늘히 가라앉은 눈빛에 바짝 얼어붙어 입고 있는 옷을 벗기 시작했다. 품이 넉넉한 팔라멘툼을 벗자 그 안에서 실크로 짠 부드러운 셔츠가 드러났다. 그리고 셔츠마저 벗었을 때 이안이 손을 들어 제지했다.

"그만! 평소에 운동 좀 해라. 쯧!"

쉬릿!

말을 하며 가볍게 휘두른 롱소드에 의해 가죽 벨트가 잘리고 동산처럼 솟아오른 로베르트의 뱃살을 지탱해 주던 것이 끊어져 내렸다.

"으헉!"

급히 자신의 사타구니를 손으로 가리는 로베르트였지만 이안은 고개를 살살 내저으며 한마디를 덧붙였다.

"번데기냐?"

"크윽!"

로베르트는 이보다 치욕스러울 수 없었지만 사실은 사실이었다. 그 누구보다 자신이 잘 알고 있는 사실을 부인할 수는 없었다.

"마나 스캔!"

후웅! 스스스슷!

이안이 고개를 숙이고 있는 로베르트의 몸에서 떨어진 옷가지에 마나 스캔을 시도했다.

웅! 웅! 웅!

그러자 역시나 반응을 보이는 물건이 있었다. 가방이나 배낭 형태의 것이 아닌 작은 외눈 안경집이 마나에 대한 반응을 보였다.

"훗! 그거였군."

"아, 안 돼, 되, 됩니다. 크으흑!"

로베르트는 외눈 안경집을 집으려 하는 이안의 행동에 깜짝 놀라 몸을 날리려 했지만 그가 들고 있는 롱소드가 눈에 아른거리자 얼른 뒤로 물러섰다.

"이 안에 든 것이 뭐지?"

"하아, 헥토르 후작에게 건네기로 한 300만 골드입니다."

헥토르 후작에게 건네기로 한 금액이 자그마치 300만 골드라고 하는 것에 이안은 눈빛을 빛냈다.

'그가 300만 골드를 어디에 쓰려고 하는 거지? 그 엄청난 액수를 가지고 할 일이라는 것은… 뭘까?'

상상을 할 수 없는 돈이었다. 영지전에서 패해서 갚아야 할 가문의 빚이 5만 골드이다. 그걸 갚으려고 하면 가문에서는 수십 년을 허리띠를 졸라매야 가능했다.

'설마 기간트를 사려는 걸까? 그게 아니라면 그렇게 큰돈이 필요하지 않을 것이다.'

이안은 헥토르 후작이 마나석 광산을 넘기고 받으려고 했던 300만 골드의 돈이 무슨 용도로 쓰일 것인지 대번에 감 잡았다.

"꺼내봐."

이안의 말에 로베르트 상단주는 체념한 얼굴로 안경집으로 위장한 아공간 주머니에 든 것을 털어놓았다.

"큭! 전표로군. 어쩐지 쉽게 꺼낸다 했다."

"그, 그거야… 끄응."

전표는 발행한 자가 도난 신고를 하면 지급이 정지된다. 체이스 제국의 제국은행에 도난 전표로 등록되고 나면 다른 곳에서도 바꿔줄 때 확인을 하고 난 후 처리하기에 아무런 소용이 없는 종이쪽지에 불과했다.

'상단주라더니 돈은 많군.'

전표 외에도 자잘한 보석이 들어 있는 작은 주머니와 플래티넘 골드가 든 묵직해 보이는 전낭도 함께 있었다. 그것을 들어 올린 이안이 로베르트에게 말했다.

"이제 볼일은 다 끝났으니 돌아가도 좋다."

"네? 그게 정말입니까?"

푸들거리는 볼 살 가득 환해진 얼굴로 로베르트 상단주가 진의 여부를 확인했다.

"물론이다. 처음에는 너를 죽이려고 했지만 저기 있는 제니스가 살려달라고 청하기에 마음을 바꿨다."

어차피 로베르트는 죽여도 그만, 아니어도 그만인 존재에 불과했다.

오히려 살려두고 지금 증언한 내용을 증명할 수 있으면 그걸로 족했다.

"가, 감사합니다. 하하하! 그, 그럼 저 스크롤을 좀……."

이안의 눈치를 보며 텔레포트 스크롤을 달라며 손을 내밀었다. 어차피 텔레포트 스크롤은 일 방향으로 이동하게끔 만들어진 것으로 좌표 역시 등록되어 있어서 이안에게 아무런 소용이 없었다.

"가지고 가라."

"감사합니다. 흐흐! 제니스, 고맙네. 내 이 은혜는 잊지 않겠네."

제니스에게 고마움을 표시하는 로베르트 상단주의 눈에 기이한 기운이 어렸다. 대놓고 표현하지는 못하지만 그것이 복수하겠다는 의지라는 것을 이안은 깨달았다.

'괜히 살려준다고 했나? 큭! 알아서 하겠지.'

제니스의 선택이니 그 책임은 그가 짊어져야 할 몫이었다. 옷가지와 이안이 건네준 외눈 안경집을 손에 든 로베르트는 스크롤을 찢고 서둘러 빠져나갔다.

6장

다 맞아주지

　마나 광산의 일은 이제 더 이상 함구하고 있을 사안이 아니었다. 그렇다면 외부에 드러내고 합법적으로 차지할 방법을 강구해야만 했다. 그걸 위해서 친구들과 샤르딘 준남작, 그리고 아이언핸드까지 모여서 머리를 맞대고 고민하기 시작했다.

　"방법이 없을까? 마나석 광산 문제를 락토르 왕국에도 알려야 할 것 같아서 말이야."

　"하! 이거야 난데없이 마나석 광산이라니… 자다 봉창 두드리는 것도 아니고."

토리는 의외의 복병을 만났다는 것에 고개를 절레절레 저었다.

꽤 크다고 나름 자부하고 있는 락토르 왕국에서도 마나석 광산은 전국에 여섯 곳에 불과했다.

그나마도 두 곳은 소형 광산이어서 제대로 된 광석을 캐내는 곳은 네 곳이었는데 모두 국가에서 관리했다.

마나석 광산은 전략 물자로 구분되기에 영주가 발견해도 캐내는 것은 왕국법으로 제한하는 것이 상례였다. 석유를 국가에서 통제하는 것과 같은 이치라고 보면 맞을 것이다.

"이곳은 상당히 미묘한 지정학적 위치를 갖고 있다. 헬카이드의 배꼽은 삼국이 모두 비무장 중립지대로 여기고 있기 때문이지. 만약 마나석 광산이 로크 제국에 알려지면 그들도 끼어들 것이다. 그렇게 되면 삼국이 전쟁을 하게 되겠지."

"로크 제국까지 끼어들게 되면… 후우… 왕국이 골치 아파지겠는데?"

사실 체이스 제국이나 로크 제국의 입장에서는 마나석 광산을 빌미로 락토르 왕국으로 진격하면 그만이었다. 그들이 사이가 안 좋다고는 하나 왕국 하나 박살내고 둘이 나눠먹는 편이 이득일 것이니 말이다.

아닌 말로 보물은 힘이 없는 이가 가지고 있으면 보물이 아니라 지옥으로 가는 지름길일 뿐이다.

"음, 내가 끼어들어도 될지 모르겠습니다만."

"말씀하세요, 샤르딘 준남작님."

"방법이 없는 것은 아닙니다. 다만 그렇게 하려면 조금 일이 이상하게 변질될 우려가 있군요."

"이상하게 변질된다니요? 어떻게 말씀이시죠?"

"방법은 생각보다 간단합니다. 저기 계신 아이언핸드 님께서 드워프들의 것이라 주장하면 되는 거니까요."

"네? 그게 가능한 겁니까?"

"음, 일반인들은 잘 모르고 있지만 드워프들이 가진 힘은 상상 이상으로 막강합니다. 드워프 장인연합이 개입하게 된다면 제국들도 물러서야 하니까요."

"왜죠?"

"하하! 간단하죠. 기간트의 중요 부품을 누가 만든다고 생각하십니까? 인간의 능력으로는 베어링을 그렇게 정교하게 깎을 수 없습니다."

"아, 그렇군요."

기간트의 관절 부위에 들어가는 베어링은 관절 부위의 마모를 줄이는 데 필요한 부품이다.

인간 장인들의 실력으로는 완벽한 원에 가까운 베어링을 깎아내지 못했다. 그 외에도 핵심적인 부품을 만드는 것은 드워프 장인들의 힘을 빌리고 있는 것이 사실이었다.

"드워프 연합에 이 사실을 알리고 강철의 모루 일족이 그 광산의 주인이라는 것을 알리면 삼국 모두 입맛만 다실 뿐 직접적인 무력을 투사하지는 못합니다. 아! 그건 가능하겠군요."

"어떤 것을 말씀하시는지……."

"마나석을 자기네 나라에 팔아달라고 협상하는 것이 최선일 테지요."

"후후후! 결국 헥토르 후작 그자는 자기 복을 자신이 걷어찬 꼴이겠군요."

"그렇죠. 그가 먼저 발견했다면 왕국에 알려도 10%에 해당하는 지분을 요구할 수 있으니까요. 아마 자신의 영지 안이었다면 40%까지 그의 차지였겠죠."

마나석은 왕국에서 모두 가져간다고 해도 그 채굴한 광석의 10%에 해당하는 금액을 발견자에게 지불했다. 헥토르 후작은 그것을 몰래 잠채하느라 날려 버린 셈이다.

"일단 왕국에 마나석 광산에 대해서 알리는 것으로 결정하겠습니다. 그리고 아이언핸드 님께서는 강철의 모루 일족 광산으로 소유권 주장을 하셔야 합니다. 우선적으로 드워프 연합에 통보하는 것이 좋겠습니다."

"나야 상관없네. 한데 이안 자네의 것을 우리 일족의 것이라고 해도 되겠나?"

"네? 그, 그야……."

"그게 무슨 소리야? 마나석 광산이 이안 네 거라니?"

갑작스런 아이언핸드의 말에 당황한 것은 이안뿐만이 아니었다.

미리 이야기를 해놓지 않아서 무심결에 나온 말이라 그를 탓할 수도 없었다.

"이런, 사실대로 이야기하자면… 아니다. 나중에 기회가 된다면 이야기하는 걸로 하자. 우선은 강철의 모루 일족의 것으로 해주십시오. 제가 주장해 봐야 대규모 전쟁밖에 일어나지 않을 테니까요."

"흠, 뭐 그렇다면야 우리 일족의 것으로 해두세. 하지만 원래 자네의……."

"아! 나중에 따로 이야기하죠."

급히 말을 자르는 이안의 눈빛에 아이언핸드는 머쓱하여 수염을 쓰다듬으며 뒤로 물러섰다.

"이안, 너 정말 이럴 거냐?"

"맞아. 우리 궁금하게 만들어서 죽이려는 거지, 지금?"

"친구라고 몇 놈 없는데… 이건 배신이야, 배신!"

친구들의 타박에도 이안은 꿋꿋하게 말문을 닫은 채 버텼다.

더 이상의 말은 샤르딘 준남작이 있는 상황에서 할 수 없는 이야기이기 때문이다.

"다음으로 넘어가죠. 안드레아 척후대의 보고는 어떠냐?"

"일단 우리가 있는 곳이 반란군에도 알려졌다. 이쪽으로 6사단이 오고 있다는 보고다."

"6사단이라……. 결국 그렇게 되는군."

몇 개월에 불과할지라도 자신이 몸담고 있던 6사단과 싸워야 한다는 것이 찜찜함으로 다가왔다. 그러나 전쟁이었고 무조건 싸워서 이겨내야 할 존재에 불과했다.

"예상되는 대응은 진격로를 막고 서서히 조여오는 것이겠지?"

"내 생각도 같다."

적도 바보가 아닌 이상 헬카이드 산맥에서 내려갈 수 있는 중요 지점을 틀어막고 서서히 조여오는 작전을 펼칠 것이 뻔했다.

압도적인 병력의 우위를 가지고 있더라도 산맥에 웅거하는 이상 대규모 진압 작전을 펼치는 것은 무리였다.

"일단 진압 작전이 시작될 때까지 여유가 있을 테니 우선 마동포를 만드는 것에 사활을 걸어야겠다."

"그렇게 해. 마동포가 만들어진다면 최소한의 안전은 보장받을 수 있을 거다."

기간트는 이족보행을 하는 병기이기에 산악 지형에서는

실전 투입이 상당 부분 제한되었다.

특히 헬카이드 산맥처럼 깎아지른 듯한 절벽이 많은 지형이라면 투입하는 자가 멍청이임을 스스로 자인하는 꼴이다.

"일단 안드레아 너는 척후병을 최대한 풀어서 적들의 움직임을 잘 감시해. 리갈 마을 사냥꾼들의 도움을 받는다면 최대의 효과를 얻을 수 있을 거야."

"알았다. 그건 내가 알아서 하마."

"그건 그렇게 하고, 다음은… 왕궁에 보고하는 일이 남았군. 에휴!"

"흐흐! 그럼 수고하게, 친구."

"나는 맡은 일이 있어서 이만……."

친구들이 모두 줄행랑을 놓음에도 샤르딘 준남작은 자리에 남았다. 이안과 나눠야 할 이야기가 많았고, 특히 아이언핸드와 강철의 모루 일족, 그리고 마나석 광산에 얽힌 이야기를 할 생각이다.

"하실 말씀이라도 있으십니까?"

"묻고 싶은 말이 많습니다만, 두 가지만 질문 드리겠습니다."

"하시죠."

"강철의 모루 일족과 레이너 경의 관계는 무엇입니까? 그리고 아까 아이언핸드 님이 하신 말씀은 또 무슨 뜻인지 궁금하군요."

"제가 대답을 해야 할 의무라도 있는 겁니까?"

"글쎄요. 하시는 것이 도움이 될 거라고 봅니다만. 나는 샤르딘 상단의 단주이기 이전에 백작가의 가신입니다. 제 마음 대로 보고해도 된다면 상관이 없겠습니다만 그게 아니라면 알려주시는 것이 낫지 않겠습니까?"

샤르딘의 말에 이안은 하얀 치아를 드러내며 차갑게 웃었다.

"하하! 협박하시는 겁니까?"

"그럴 의도는 없습니다. 사실을 그대로 인지시켜 드린 것일 뿐입니다."

팽팽하게 맞서는 샤르딘의 눈빛은 그 어떤 동요도 보이지 않았다.

막말로 이 요새 안에서 이안이 마음만 먹는다면 샤르딘과 그 휘하의 호위무사 정도는 눈 깜빡할 사이에 정리될 수 있었다.

그럼에도 당당하게 맞설 수 있다는 것은 상당한 용기를 필요로 하는 일이었다.

"웰링턴 백작가에 보고하면 그 보고는 그대로 국왕 전하께 전해지겠군요. 안 그렇습니까?"

"그리 되겠지요."

"흠, 그럼 제 선택도 아시겠군요."

"말씀하시는 편이 유리할 겁니다."

"아니요. 전 당신과 일행을 모두 죽일 겁니다."

"그, 그 무슨 마, 말도 안 되는……."

"난 헥토르 후작과도 맞서 싸우고 있습니다. 그런데 멀리 있는 웰링턴 백작가를 두려워할 것 같습니까? 어차피 여기서 지면 웰링턴 백작과 싸울 이유도 사라지고 마는 처지라서 내부의 적을 남겨둘 이유가 없죠. 안 그런가요?"

"으으……."

이안의 말대로다. 그리고 웃는 눈빛으로 죽이겠다는 뜻을 담담히 말하자 그것이 공포로 다가왔다.

"난 아주 간단한 사고방식을 가지고 있습니다. 적이 아니면 아군, 그리고 가만 놔둬도 상관없는 자들은 신경 쓰지 않는다는 정도가 되겠군요. 그런데 지금 샤르딘 준남작님은 신경 쓰지 않아도 되는 부류에서 적으로 올라섰습니다. 스스로 말이지요. 후후후!"

"크크크! 세상을 너무 단순하게 생각하는 게 아닌가 싶습니다만. 적아에 대한 구분이 분명한 것은 좋지만 어울려 살지 못하면 결국에는 세상 모두를 적으로 삼아야 할 겁니다."

샤르딘 준남작이 하는 말에 이안은 고개를 저었다.

"아니요. 사람은… 아니, 남자는 강하면, 그 누구도 넘볼 수 없을 정도로 강해지면 사람은 모여듭니다. 제가 본 세상은 그렇습니다. 아무리 개새끼여도 그가 가진 힘이 강하면 버러지만도 못한 놈들이 꼬리치며 모여들더군요. 그래서 남자는 스스로 강해질 필요가 있는 겁니다."

"지금도 강한데 더 강해질 생각입니까?"

"물론입니다. 그 누구도 넘볼 수 없도록 강해지고 또 강해질 겁니다."

"그다음은 무엇을 할 생각입니까? 갑자기 그게 궁금해지는군요."

"글쎄요. 아직은 생각 중입니다만… 적어도 개만도 못한 새끼들을 그냥 두고 보지는 않겠죠. 개똥철학에 불과할지도 모르지만 나만의 정의를 세우고 싶다고나 할까? 뭐, 그런 겁니다."

샤르딘 준남작은 이안을 상당히 위험한 인물로 생각했다.

지금도 강한 무력을 갖추고 있고 드워프들과 마나석 광산을 그가 지니게 된다면 샤베른이라는 하급 기간트까지 연결되어 공작가 정도는 우습게 뛰어넘는 힘을 보유하게 되어버린다.

그 힘을 가지고 세상에 순응하지 않고 밖으로 나간다면 필연적으로 기득권을 가진 세력과 충돌할 수밖에 없다.

'그런데 왜 그 끝이 어떻게 될지 보고 싶은 것일까?'

샤르딘 준남작은 자신의 마음을 이해할 수 없었다. 언제나 이해타산적인 마음으로 세상을 살아온 자신이다. 그런데 저 천둥벌거숭이같은 젊은 기사가 이룩해 낼 세상이 보고 싶은 지 모를 일이었다.

"그렇군요. 대답을 듣는 것을 포기하겠습니다. 물론 백작님께 알리는 것도 미루도록 하죠."

"현명한 선택입니다. 저 역시 준남작님을 치고 싶은 마음은 없으니까요."

"저는 관망할 테지만 마나석 광산에 관한 문제는 잘 처리해야 할 겁니다. 조금이라도 실수한다면 두 제국을 비롯한 모든 권력자들이 이곳으로 모여들 테니까요."

"조언 감사합니다. 그럼."

이안은 조용히 축객령을 내렸다. 그러자 샤르딘 준남작은 희미한 미소를 지으며 임시 회의장을 나섰다.

"저자를 그대로 두어도 되겠나?"

"아직은 쓸모가 많은 자입니다. 저자가 있음으로 해서 국왕을 비롯한 권력자들이 다른 눈을 심으려 하지 않을 테니까요."

샤르딘 준남작의 역할은 권력을 가진 이들의 다른 세작들이 들어오는 것을 방지하는 것이다. 그가 있음으로써 다른 이들도 이안을 감시하는 눈을 가지고 있다고 착각할 것이기 때문이다.

'시간을 들여서라도 끌어들여야 할 자이다. 샤베른을 보고 그걸 팔아치울 생각을 하는 상인의 감각도 그렇고…….'

이안은 잠시 생각을 하다 멈추고 아이언핸드에게 시선을 돌렸다.

"아참, 부탁드릴 것이 있습니다."

"말해보게. 내 힘닿는 데까지 도와줄 테니."

"이걸 만들어주십시오."

이안은 품속에 넣어두었던 설계 도면을 꺼내 아이언핸드에게 건넸다.

"어디 보자. 이것이 그 마동포라는 물건의 설계 도면인가?"

"그렇습니다. 포신의 안쪽에 마법진을 새겨 넣어야 하고, 그 마법진이 마법의 발동에도 견딜 수 있어야 합니다."

설계 도면상에 그려져 있는 마법진은 상당히 복잡하고 어지러웠다. 작고 강한 마동포를 제작하려면 적어도 네 개의 마법이 중첩되어야 가능했다.

그걸 위해서 레이첼이 남긴 마법서를 며칠 동안 뒤져서 찾아낸 병렬마법진의 형태를 차용하여 만든 이안의 역작이었다.

"새겨 넣는 것이 문제이군. 차라리 이렇게 하는 것이 어떻겠나?"

"어떻게 말씀이시죠?"

"포신과 뒤쪽의 마법진을 둘로 나눠서 만드는 걸세. 나중에 그걸 합치면 마동포가 완성되도록 하는 거지."

"하지만 그렇게 되면 폭발할 위험이 큽니다. 로크 제국에서 만든 마동포도 그런 위험 때문에 삼 중첩 마법진을 새기는 걸로 만족했다는 이야기를 들었습니다."

"흐흐흐! 그야 인간들의 기술로는 그게 한계겠지. 하지만 우린 드워프야. 그 정도도 해결하지 못하면 드워프라는 이름을 버려야지."

"방법이 있습니까?"

"간단하네. 원통을 주조할 때 나사못을 깎듯이 만들면 되네. 정확하게 맞물려서 끼우고 그 맞물려진 곳에 이렇게 덮개를 하나 더 씌우면 완벽하지."

아이언핸드가 설명을 덧붙이자 완벽하게 이해할 수 있었다.

이런 방식이라면 마법진을 한 개 더 집어넣어도 무리가 없었다. 마동포를 쏠 때 잡아먹는 마나석은 배는 더 소요되겠지만 그 위력이 강하다면 충분히 쓸 용의가 있었다.

'거기다 로크 제국의 마동포보다 확실하게 크기를 줄일 수 있을 것이고.'

일단 제작을 해봐야 알겠지만 이 정도만 해도 충분히 성공적인 마동포가 나올 것이라 생각되었다. 그리고 그 마동포만 완성되면 자신의 또 다른 강력한 힘이 되어줄 것이다.

'나중에는 강한성… 그의 기억 속에 있는 그것들도 적용해 봐야겠다.'

아직은 시기상조라는 마음이다. 그리고 너무 흐릿한 기억이라 그것이 제대로 적용될지도 의문이고 말이다.

"마동포 제작은 얼마나 소요될 것 같습니까?"

"어렵지 않네. 아다만티움도 제법 가지고 있으니 마법진을 새겨 넣는 것도 금방 끝날 거야."

"최대한 빨리 제작해 주십시오. 적들이 곧 밀려올 텐데 그 전에 준비가 끝났으면 해서요."

"흐흐! 맡겨두게. 아, 그리고 한 가지 이야기할 것이 있는데 말일세."

"네? 무슨……."

"여기까지 오가는 것이 너무 귀찮고 번거로워서 말이야."

"아, 절벽을 오르내리는 것이 힘들죠? 그 점을 생각 못했습니다."

드워프들이 아무리 대지의 종족이라고 해도 헬카이드의 배꼽에서 절벽 500여 미터를 기어 올라오는 것이 결코 쉬운 일은 아니었다.

그렇다고 아직 텔레포트 마법진을 연결시킬 마법 능력이
되질 않으니 미안한 미소만 지어야 했다.

"그래서 말인데… 터널을 만들고 있네."

"예? 터널이요? 거기서 여기까지 직선거리로 7km가 넘는
데… 그게 가능한 겁니까?"

터널을 뚫는 일이야 드워프들의 장기이니 상관없다지만
7km에 달하는 거리를, 그것도 요새까지는 경사진 갱도를 뚫
어야 한다. 그 작업을 얼마 만에 끝낼 수 있을지 의문이 든 것
이다.

"이 사람 하고는. 우리 드워프야, 드워프! 그깟 터널이야
나 혼자 뚫어도 한 달이면 충분하다고."

"헐! 대단하시네요."

"모레쯤 이곳으로 터널이 뚫릴 걸세. 그러니까 그렇게 알
고 준비해 주게."

"그건 염려하지 않으셔도 됩니다. 아, 조금 고생스러우시
겠지만 한 가지 부탁 좀 드릴게요."

"뭔가?"

"터널을 동남쪽으로 조금 돌아서 이곳으로 연결해 주시면
좋겠는데요."

"동남쪽으로? 그럴 이유가 있나?"

"만약의 사태가 벌어지면 그 터널로 인원을 소개시킬 수도

있을 것 같다는 생각이 드네요. 그때 터널의 방향이 그쪽이면 적을 속일 수 있으니까요."

"아, 그렇겠구먼. 알겠네. 내 그리 만들라고 지시하겠네."

아이언핸드의 승낙에 이안은 몇 가지 더 의논을 한 후 그를 보냈다. 가만히 오늘 한 일들을 다시 한 번 복기한 이안은 마음을 차분히 가라앉히며 왕궁에 알릴 것들을 정리했다.

─적들의 움직임은 어떤가?

알렉세이 후작이 직접 챙기는 상황이기에 마법 통신을 넣자마자 그에게로 연결되었다.

"6사단이 헬카이드 산맥을 둘러싸고 있다는 척후의 보고가 들어왔습니다. 다른 반란군들은 어떻게 움직이고 있는지 모르겠군요."

─동북부의 리오스 강을 기점으로 그 위쪽에 방어선이 형성된 상태일세. 동남부는 병력이 있기는 하지만 그리 어려운 상대는 아니라네. 그런데 6사단이 그 쪽에 있다고 하면 우리 예상과는 조금 다른 상황이 되는구만.

"일단 헬카이드 산맥을 거점으로 해서 최대한 6사단을 타격해 보겠습니다."

─그건 레이너 소령이 알아서 하게. 그럼 보고할 내용은 그게 전부인가?

"아, 아닙니다. 실은 며칠 전에 헬카이드의 배꼽과 근접한 곳에서 사건이 있었습니다."

―사건? 무슨 사건이 일어났다는 건지 말해보게.

사건이라는 말에 급히 반응하는 알렉세이 후작의 눈빛이 점점 더 강렬해졌다.

"체이스 제국의 상단이 그곳에 나타났습니다. 해서 저와……."

이안의 설명이 길게 이어졌지만 알렉세이 후작은 끝까지 경청했다. 그러다 상단을 물리치고 그들로부터 빼앗은 전표와 그들이 들어온 이유를 이야기했을 때 그는 더 참지 못하고 말했다.

―마나석 광산이라니? 그게 정말인가?

"사실입니다. 헬카이드 산맥에 둥지를 틀고 있는 강철의 모루 일족이 채광하고 있는 마나석 광산이 있음을 소관이 확인했습니다."

―드워프라니… 이런 빌어먹을…….

마나석 광산을 드워프들이 차지했다면 강제로 빼앗을 수도 없었다.

―혹시 우리가 차지할 방법은 없겠나?

"죄송합니다. 이미 헥토르 그자가 체이스 제국과 모종의 거래를 한 이상 저쪽에서 계속해서 마나석 광산을 노리고 군대를 보내올 겁니다."

ㅡ빠드득! 그 매국노 새끼! 하아! 그 로베르트라는 자의 증언을 기록한 마법 영상을 보내주게. 그것을 가지고 국왕 전하께 보고 드려야겠네.

"알겠습니다. 바로 보내도록 하겠습니다."

이안은 통신을 끝내며 알렉세이 후작 역시 귀족의 범주에서 벗어나지 못하는 사람임을 다시 한 번 느꼈다.

'그놈의 욕심이란… 쯧쯧.'

다른 이가 가지고 있는 것을 빼앗으려 하는 의논이 이제 왕국의 귀족들 사이에서 치열하게 벌어질 것이다.

하지만 결국은 체이스 제국 때문에 로크 제국으로 알려야 하고, 그다음은 이안이 예측한 대로 흘러가게 될 수밖에 없었다.

"법무성장!"

"하명하시옵소서, 전하!"

"마나석 광산을 드워프가 차지하고 있다면 상황은 어떻게 되는 것인지 고하라."

"대륙법상 드워프가 차지한 곳은 그 어떤 나라도 건드릴 수 없습니다. 그들이 떠난 곳은 상관없지만 현재 그들이 광산을 개발한 상태라면 그들의 소유를 인정하는 것이 관례이옵니다."

"흠, 헥토르 그자가 체이스 제국에 넘겼을 정도라면 드워프들이 개발하지 않은 거 아니겠는가?"

"아직 확실한 것은 아무것도 없사옵니다. 실제로 아국에서 조사단을 보낸다고 해도 반란군이 막을 것이니 알아낼 수 있는 방법도 현재로써는 전무한 실정이옵니다."

"전하, 신이 한 말씀 올려도 되겠사옵니까?"

"말하라."

알렉세이 후작이 자신의 생각을 말하기 시작한다.

"상황이 이렇다면 차라리 로크 제국에 알리고 그 쪽으로 조사단을 투입시키는 방법은 어떻겠사옵니까? 드워프들이 차지하고 있다면 모르지만 그게 아니라면 삼국이 균등하게 나눠 가질 수도 있는 일이옵니다."

"레이너 경의 보고에는 그 마나석 광산이 우리 왕국의 영토에 속한다고 하지 않던가?"

"그렇기는 하옵니다만 헬카이드의 배꼽 지역은 삼국이 지난 2백 년 전에 협의 하에 비무장 중립지대로 설정한 탓에 우리 땅이라고 우기기에도 조금 문제가 있사옵니다."

"방법은 없겠는가? 우리가 독차지하는 방법 말이야. 아무리 생각해도 이렇게 맥없이 우리 것을 빼앗길 수는 없는 일 아닌가."

락토르의 영토 안에 있는 광산을 두 제국 때문에 나눠먹거나 혹은 드워프들에게 넘겨줘야 한다는 것이 영 마음에 들지 않았다.

꼭 내 것을 남에게 빼앗기는 느낌에 국왕은 분기를 뿜어내고 있었다.

"우선 레이너 경에게 그곳을 확보하도록 조치하겠사옵니다. 반란군이 그곳을 차지하게 된다면 무조건 체이스 제국의 손에 넘어가게 되니 그것만은 막아야 할 것이라 사료되어 드리는 말씀이옵니다."

"알렉세이 후작의 뜻이 옳다. 레이너 경에게 고의 특명이라 전하고 목숨으로 임무를 완수하라 이르라."

"명을 받들겠사옵니다."

알렉세이 후작이 고개를 숙이고 물러서자 한 귀족이 나섰다.

"전하, 조사단을 파견하는 문제는 분명 로크 제국과 연계되어야 할 수 있는 일이옵니다. 하오니 이참에 로크 제국과 힘을 합하여 체이스 제국을 배제시키는 것은 어떻사옵니까? 그 와중에 싸움이 벌어진다면 체이스 제국의 소행으로 몰 수도 있을 것이옵니다."

"그러니까 경의 말은 강제로 조사를 진행시키는 와중에 체이스 제국이 무력을 투사하면 드워프들을 모두 제거하고 그들에게 뒤집어씌우자는 것인가?"

국왕은 말도 안 되는 의견이라 호통을 치려 하다가 뒤늦게 밀려드는 욕심에 혹하는 심정이 되었다.

"그렇게 되면 체이스 제국을 드워프들과 원한 관계로 만들 수도 있을 것이옵니다. 여러모로 아국에 이득이 되는 일이라 사료되옵니다."

"흠! 그런 말은 다시는 입에 담지 말도록 하라. 알겠는가!"

국왕이 호통을 치는데 의견을 개진한 귀족의 눈은 웃고 있었다. 이미 국왕의 의중이 어느 곳에 쏠려 있는지 간파한 것이다.

"신 바르테스 후작이 벌을 청하옵니다. 불충한 신을 벌하여 주시옵소서."

"아니다. 내 바르테스 후작이 이 나라를 위해서 그런 말을 했음을 알고 있노라. 그러니 다시는 그런 이야기를 입에 담지 않으면 된다."

"황공하옵니다, 전하!"

바르테스 후작이 거듭 머리를 숙이며 국왕의 관용에 감읍한 모습을 보이며 물러서자 다른 귀족들은 썩은 미소를 지으며 두 사람의 행태에 몰래 혀를 차댔다.

눈 가리고 아웅 한다고 그것을 모를 이가 없을진대 두 사람은 그것이 가능하다고 여기는 것이 가소로운 것이다.

"이제 정리하도록 하지. 로크 제국으로 가는 사신은 누가 맡을 것인가?"

"신이 맡도록 하겠사옵니다."

"외무성장이? 흠, 나쁘지 않군. 그리 하라."

"신명을 다하겠사옵니다."

외무성장인 훌리오 백작은 어린 시절부터 로크 제국의 황립 아카데미를 다니며 그곳의 귀족들과 안면을 쌓은 로크 제국통이었다. 그가 사신으로 간다면 많은 도움을 받을 수 있을 터였다.

"국방성장은 반란군 토벌에 좀 더 박차를 가하도록 하고 특수기사단을 조직하여 마나석 광산 조사단을 꾸리도록 조치하라. 알겠는가?"

"명을 받들겠사옵니다."

일사불란하게 명령을 내리고 귀족들의 이해관계에 맞춰서 조율하는 락토르 국왕의 모습은 열정적으로 일하는 군왕의 이미지였다.

그러나 그 속을 들여다보면 왕당파로 분류되지 않은 귀족들은 철저히 배제된 대전회의였고, 귀족파의 귀족들은 대전의 가장 끝자리에 서거나 귀족석에 앉아서 그저 구경만 하는 모양새였다.

'빌어먹을 새끼들.'

이안은 알렉세이 후작의 명령을 받고 분통을 터뜨렸다. 이렇게 될 거라고 생각은 했지만 너무나 노골적으로 사지로 몰아세우는 왕궁의 조치는 곱씹을수록 화가 치밀었다.

뎅! 뎅! 뎅! 뎅!

임시 요새에 위급을 알리는 종소리가 울려 퍼졌다. 화가 난 상태라 해도 적이 쳐들어 왔으니 무조건 나가서 싸워야 하는 것이 지휘관의 입장이다.

'후우, 마음을 가라앉히자.'

흥분과 분노를 가라앉히고 이안은 냉철한 지휘관의 모습으로 되돌아왔다. 그리고 테이블에 세워둔 롱소드를 손에 쥐며 밖으로 나갔다.

"나오냐?"

"타종 소리가 들리던데 무슨 일이야?"

별동대를 맡은 맥컬리가 남서쪽 방향을 가리키며 말했다.

"6사단의 공격이 시작됐다."

"벌써? 그들이 포위를 완료한 지 얼마 되지 않았잖아?"

"찔러나 보자는 거겠지. 어차피 병력이 열세이니 가능하겠다 싶으면 우르르 몰려들 거고."

"후후! 그렇다면 아주 된서리를 맞게 해줘야겠네."

이안의 중얼거리는 소리를 들은 맥컬리는 샤베른을 동원하여 전격전으로 적의 정면을 칠 생각임을 깨달았다.

"토리는 어디 있지?"

"일단 요새로 올라오는 바위 계곡 뒤쪽에 샤베른을 대기시켜 놨다. 아직 적들에게 샤베른을 보여야 할지 말아야 할지 판단이 안 서서 말이야."

"잘했다. 이참에 화끈하게 보여주는 편이 나을 거다. 체이스 놈들 기간트를 탈취한 것이 저들에게도 알려졌을 테니까."

"그렇겠다. 그 생각을 하지 못했네. 어차피 우리에게 기간트가 있을 거라고 생각할 테니 저들도 기간트 전력을 이끌고 오겠군."

"우선 샤베른을 가지고 적들에게 함부로 달려들지 못하게 만들어야 한다. 가자!"

"그래."

맥컬리의 별동대는 총원 이백 명으로 이루어진 레인저 부대의 성격을 띠고 있었다. 특히 사냥꾼 마을의 노련한 사냥꾼 오십여 명이 참가하여 원거리에서 적을 타격하는 것은 발군이었다.

"별동대 출전!"

"우오오오!"

별동대로 따로 훈련을 받으며 사기가 충천해 있는 병사들이 우르르 몰려 내려갔다.

요새에서 그리 멀지 않은 남서면의 바위계곡에 위치한 방어 진지에 도착했을 때 아래쪽에서는 새까맣게 6사단의 반란 군이 밀려들고 있었다.

"어서 와라."

"주군, 오셨습니까?"

방어 진지를 맡고 있는 제니스와 티모시가 아래쪽에 시선을 둔 채 인사했다.

"얼마나 온 거냐?"

"깃발을 봐서는 1천인대와 5, 6천인대다."

"도합 3천이라는 건가?"

"그런 셈이지."

"후후! 딱 좋은 먹잇감이네."

다른 공격로도 지켜야 하기에 지금 이곳에 투입할 수 있는 병력은 별동대 포함 600명이 전부였다. 그럼에도 다섯 배에 달하는 적을 보며 빙긋 미소를 짓는 이안은 왼 손목에 채워져 있는 라피드의 아공간 팔찌를 쓰다듬었다.

'제대로 보여주지. 내가 그렇게 만만한 놈이 아니라는 걸.'

이안은 강렬한 투기를 발산해 내며 수비에 나서는 병사들을 쳐다보았다. 그들도 그런 이안의 투기에 영향을 받았는지 강인한 눈빛을 잃지 않았다.

7장

화끈하게 싸워보자니까

남서면 능선을 가득 메우고 서서히 올라오는 6사단의 병력
은 지휘를 맡은 하지 대령이 손을 들어 올리자 일제히 멈춰
서며 좁은 바위산 위의 적진지를 노려보았다.

"들어라! 난 하지 대령이다!"

하지 대령은 세 개의 천인대를 지휘하는 연대장으로 사단
장 밑에 있는 세 명의 연대장 가운데 선임이었다.

'내가 어쩌다가 이런 임무를 맡게 됐는지. 재수 더럽게 없
게시리.'

하지 대령은 이곳으로 오기 전 있었던 회의를 떠올렸다.

"대륙력 972년에 남부왕국연합과 로크 제국의 전쟁에 이와 비슷한 전투가 있었다. 아는 사람 있나?"

사단장의 질문에 아무도 대답하지 못했다. 그러나 지휘부의 맨 마지막 줄에서 소령 계급장을 달고 있는 작전참모가 손을 들었다.

"오토 소령, 말해보게."

"남부왕국연합의 프라시안 대공이 이끄는 삼색병단이 로크 제국의 침략에 맞서서 싸운 전쟁인 것 같습니다. 그중에서 롯지힐 전투라 판단했습니다. 하지만 지금의 상황과는 조금 다른 것으로 압니다만."

"알고 있군. 물론 상황은 지금과 다르다. 하지만 그때와 비슷한 양상인 것만은 사실이지."

"그렇게 생각할 수도 있을 거 같습니다."

"그래, 그때 프라시안 대공은 로크 제국의 이십만 대군을 맞아 롯지힐 전투로 전세를 한 방에 뒤집어 버렸다. 그때 대공이 사용하던 것이 지금과 비슷하지. 먼저 하지 대령이 부대를 이끌고 중앙으로 치고 들어간다. 물론 전투는 하는 척만 하고 적의 본대를 잡아놓는 것이 중요하다."

"싸우는 척만 합니까?"

"그렇다. 그래야 좌측으로 올라가는 에머리히 대령의 부대가 공격을 가할 때 적이 속았음을 깨달을 테니까."

"알겠습니다. 명령이시라면……."

"흐흐! 하지만 에머리히 대령의 공격도 기만술이다. 최종 공격은 시간 차를 두고 마지막 우측에서 들어가는 내가 맡는다."

"그러면 중앙의 적이 좌측으로 지원군을 보낼 때를 노려 우측이 빈 것을 노리겠다는 말씀이시로군요."

"이해를 한 모양이군. 아무리 천혜의 요새와 같은 산에 진을 치고 있어도 서쪽으로 거의 대부분의 병력이 이동한 상태에서 우측, 즉 남쪽을 공격한다면 막을 수 없다. 아니, 막고 싶어도 병력이 없다고 해야겠지. 이 이중 기만술을 간파하는 놈이 그 어린 녀석들 중에 있을지가 궁금해지는구만. 하하하하!'

사단장인 커런트 소장의 작전대로 된다면 남쪽에는 아무리 많아도 이백 명도 안 되는 병력만 남게 된다.

그곳으로 삼천 이상의 병력이 기간트를 밀고 들어가는 것이니 막을 수 있다면 그는 진정 명장 소리를 들을 수 있을 것이다. 공성에서 필승하는 병력의 비율은 1:4를 넘어가면 된다고 하니 1:15가 넘어가는 비율이라면 말이 필요 없는 상황이다.

'그 설명을 듣는 순간 저 어린 녀석들이 불쌍하게 느껴졌지만… 전쟁에 감상은 필요 없지.'

하지 대령은 바위산의 가파른 능선 위에 참호를 설치하고 진을 치고 있는 이안의 부대를 향해 검을 겨눴다.

"마지막 기회를 주겠다! 항복하면 최대한 선처해 줄 것이니 아까운 목숨을 죽이는 우를 범하지 마라!"

하지 대령이 기회를 준다고 말할 때 이안은 리갈 마을의 사냥꾼 중에서 자원한 이들을 살폈다.

그중 가장 눈에 띄는 한 사람은 지난 몬스터 웨이브 때 목책 위에서 미친 듯이 화살을 날리던 자다. 그때 본 그의 활 실력은 이제까지 그가 본 사람들 중에 최고라고 할 수 있었다.

"지미라고 했던가?"

"아이고, 기억해 주시구만요."

늙수그레한 사냥꾼은 기사인 이안이 자신을 기억해 주자 무척이나 황송하다는 듯이 기뻐했다.

"저 늙은 머저리에게 화살을 한 방 먹여줄 수 있겠나?"

거리가 상당히 멀리 떨어져서 장궁으로 쏜다고 해도 사거리가 되지 않았다. 그러나 사냥꾼인 지미가 들고 있는 활은 일반적인 장궁이 아니라 복합궁으로 어지간한 사람은 시위를 당기기도 어려운 활이었다.

"흐흐! 저놈 말인가요?"

"그래. 한번 제대로 쏴보라고."

"주둥이를 맞춰볼라니까요. 웃차!"

주문을 걸듯 말하며 지미는 활시위를 당겼다. 다른 활을 당기는 것과는 그 소리가 다른 복합궁의 몸부림 소리가 요란스럽게 울렸다.

끼기기깅!

굵은 팔뚝에 힘줄이 튀어나오고 꿈틀거리는 근육이 잘게 갈라졌다. 그러나 자세는 고요했고 일체의 미동도 없었다.

피잉!

시위를 놓자 눈에도 보이지 않을 정도로 화살이 아름다운 곡선을 그리며 산 아래로 날아갔다.

"다시 한 번… 이런!"

하지 대령은 산 위에서 날아온 화살이 자신을 향해서 쏘아들자 들고 있던 검으로 가까스로 쳐내며 위기를 모면했다.

"개소리 말고 그냥 오라고! 적어도 나라를 팔아먹으려는 네놈들에게는 안 지니까 말이다!"

이안이 적나라하게 까발리며 외치자 하지 대령은 이맛살을 찌푸렸다.

체이스 제국과 모종의 거래가 있음을 고위 장교들은 다 아는 사실이지만 그것이 꼭 나라를 팔아먹는 일이라고는 생각하지 않았다. 그들은 새로운 나라를 건설하는 대업이라 여기고 있는 것이다.

"빌어먹을 새끼들이……."

"참으십시오, 대령님. 사단장님의 명령이 우선입니다."

작전참모가 분노한 하지 대령을 말렸다. 그 말이 먹혔는지 하지 대령은 분기를 풀풀 흘리면서도 진격 명령을 내리지 않았다.

'흐으, 30분만 더 있으면 된다. 30분 뒤에는… 내 직접 목을 베어줄 것이다.'

하지 대령은 어린 이안에게 무안을 당한 것이 분했지만 작전대로 움직여야 한다는 사실에 최대의 자제력을 발휘했다.

"그대가 이안 레이너 대위인가?"

"틀렸다."

"아니다? 호오! 그럼 귀관의 관등성명을 좀 대주겠나?"

"나는 락토르 왕국의 이안 레이너 소령이다, 반란군 하지 대령!"

기사 아카데미를 졸업하면 대위의 계급장을 받고 백인대장이 된다. 그보다 한 등급 떨어지는 군사 아카데미 졸업생들은 소위 계급장을 받고 부백인장으로 복무하게 되는 것이 락토르 왕국의 군 체계였다.

그러니 이제 스물세 살의 이안이 대위라 해도 빠른 것인데 벌써 소령이라니 말이 나오질 않았다.

'저런 똥통에 빠뜨려 죽일 새끼 같으니! 소령이 애들 장난도 아니고 저런 어린놈에게 달아주다니⋯⋯.'

락토르 왕국의 역사상 사십 대에 장군을 단 이는 손가락에 꼽을 정도이다. 대위로 오 년은 복무해야 소령을 달고 거기서 또 오 년을 더 하면 중령, 대령이 되려면 적어도 사십 대는 넘어야 가능하다는 산술적인 계산이 나왔다.

가끔 천재적인 기사들이 전쟁에서 공훈을 세우고 특진을 거듭하여 사십 대 이전에 장군이 되는 경우는 있어도 저렇게 어린 초임 기사가 소령이 되는 것은 한마디로 어불성설이었다.

"호오! 좋겠구만. 벌써 소령이 되다니 말일세."

"뭐, 덕분이지만 고맙다는 말은 하지 않겠다."

"흐흐! 그러지 말고 항복을 하는 것이 어떻겠나? 자라나는 새싹을 밟는 거 같아서 말이야."

이안은 자신의 도발에도 꾹꾹 눌러 참으며 말을 이어가는 하지 대령을 보면서 이상한 낌새를 느꼈다.

"맥컬리, 조금 이상하지 않아?"

"나도 그 생각을 하는 중이었다."

"뭐가 이상하다는 거야?"

중간에 끼어든 안드레아가 하지 대령에게서 아무런 낌새를 느끼지 못했는지 그렇게 물었다.

"안드레아, 너 같으면 저 병력을 이끌고 와서 말만 하는 게 이상하지 않아?"

"글쎄다. 그냥 항복하라고 권유하는 거 아냐?"

"후후! 내 생각이 맞는다면 최소 양동작전이다."

"그럼 다른 곳으로 온다는 말이잖아?"

안드레아는 이안이 하는 말에 정신이 번쩍 들었다.

절반 이상의 병력이 지금 이곳에 몰려 있다. 그것도 샤베른 일곱 대도 뒤쪽에 숨겨둔 상황이니 다른 곳을 공격해 오면 막을 병력이 상대적으로 부족했다.

"토리!"

"말해라."

"샤베른 네 대만 서쪽 방어 진지로 보내라. 아무래도 낌새가 이상하니까."

"알았다. 내가 직접 가도록 하마."

"그러는 것이 좋겠다. 그럼 수고해라."

"크크! 맡겨둬."

토리가 뒤쪽으로 달려가 샤베른을 몰고 서쪽 방어 진지로 재빨리 이동했다. 그가 가는 모습을 지켜본 이안은 어디선가 본 듯한 상황이라는 생각이 들었다.

'맞다! 9720811 프라시안 대공 삼색군단 전투!'

이안은 자신의 머릿속에 각인되어 있는 프라시안 대공의

전투 내용이 빠르게 복기되어 지나갔다. 그때와 상황은 다르지만 전투 양상은 무척이나 흡사하지 않는가.

"맥컬리!"

"왜 그러는데?"

"프라시안 대공 전투다!"

이안이 외치듯이 말하자 맥컬리의 얼굴에 놀란 빛이 스쳐 지나갔다.

"이런 젠장맞을!"

"후후! 너도 느꼈구나."

"야, 그럼 가장 위험한 곳은 남쪽의 방어 진지잖아."

"그런 셈이지. 아마 저들의 주력군이 오는 방향도 그곳일 거다. 기간트도 몰고 올 테고 말이야."

"큭! 지금 웃음이 나오냐?"

맥컬리의 타박에 이안은 빙긋 미소를 지으며 별것 아니라는 투로 말했다.

"이 상황에서 그럼 울까? 어려울수록 웃어야지. 그리고 너도 한번 즐겨보라고. 저런 머리를 쓰는 지휘관을 상대로 싸운다는 것도 그리 흔한 경험은 아닐 테니까."

"염병할 새끼. 친구가 아니었으면 넌 진짜 재수 더럽게 없다고 욕이라도 해줬을 거다."

"후후후! 여긴 너한테 맡길 테니까 최대한 버텨라. 내가 남쪽 방어 진지로 갈 테니."

이안은 되도록 쓰지 않기를 바랐지만 남쪽으로 올라올 적의 정예부대를 상대하자면 어쩔 수 없이 써야 할 거라 생각했다.

"얼른 가라. 네놈 보고 있으면 토가 나오려고 하니까."

"후후! 그래, 수고해라. 그리고 죽지 마라. 알았냐?"

"너나 조심해, 마!"

맥컬리의 산적 같은 모습을 보며 이안은 고개를 살래살래 내저으며 남쪽으로 몰래 빠져나갔다. 그리고 그 자리를 맥컬리의 산만 한 덩치가 채웠다.

"제니스, 네가 병력을 지휘하도록 해."

"제가 말입니까?"

제니스는 병력을 지휘하라는 말에 자신이 해도 되는지를 물었다.

그는 이안의 가신이 된 거지 군대에 속한 사람이 아니었고, 결정적으로 체이스 제국 출신이라는 것이 문제였다.

"어차피 맥기 상급 서전트가 도와줄 테니까 걱정할 거 없어."

남쪽 능선의 방어 진지는 이안이 이끌던 10641백인대 소속의 병사들을 주축으로 편성되어 있었다. 거기에 리갈 마을의 자경대원까지 더해져서 총원 이백 명으로 구성된 병력이 바위에 몸을 숨긴 채 대기 중이었다.

"하지만……."

"하던 대로만 하면 된다. 나는 잠시 척후를 좀 갔다 오겠다."

"조심하십시오."

중앙에서의 싸움이 시작되었고, 서서히 올라왔다가 내려가는 식으로 전투가 진행 중이다. 덕분에 바위와 통나무를 잔뜩 쌓아놓고 대기 중인 안드레아의 부대는 미적거리는 적들을 제대로 공격할 수 없었다.

'중앙이 시작했다면 곧 서쪽에서도 적들이 공격을 시작할 것이다. 과연 이쪽으로 얼마나 많은 적들이 올지… 그것이 관건이다.'

이미 샤베른을 나눠서 중앙과 좌측 능선에 배치했다. 기간트가 움직이기 어려운 산비탈의 이점이 있으니 막는 것은 그리 어렵지 않을 것이다. 특히 준비해 놓은 바위와 통나무라면 한 번은 적을 막아내는 것에 충분했다.

"모두 준비됐는가?"

바위산을 몰래 빠져나가 아래로 내려오자 6사단장을 비롯한 주력 기사들과 병력이 대기 중이었다. 뒤쪽으로는 기간트를 운반하기 위해 특수 제작된 기간트 캐러밴이 일렬로 도열하고 있어 위압감을 자아내기에 충분했다.

'캐러밴이 모두 다섯 대라……. 기간트 전력의 상당 부분을 이번 작전에 동원한 셈이로군.'

기간트 캐러밴은 기간트를 싣고 이동할 수 있도록 만들어진 초대형 짐차였다. 동력원은 마나 코어를 사용한 것으로 한 대의 캐러밴에 최대 세 기의 기간트를 실을 수 있었다. 마나 석의 효율성 문제와 라이더들의 장기간 운행에 따른 피로도를 감안하여 만들어낸 것으로 움직이는 주기고의 역할을 톡톡히 해냈다. 제작 비용이 워낙에 비싼 탓에 다른 용도로는 쓰이지 못했지만 가끔 군사작전에서 식량이나 보급품을 운반할 때 쓰이고는 했다.

'많으면 열다섯 대… 그게 아니더라도 열 대는 투입된다고 봐야겠군. 그리고… 사단 직할 기사단과 직할대라……. 후후! 무척이나 힘든 하루가 되겠군.'

사단 직할대는 특수병과로 불리는 다목적 부대였다. 개개인이 서전트 이상으로 구성된 그들은 기사들과 맞붙어도 쉽게 지지 않는 실력을 소유했다.

"시간이 얼마나 됐는가?"

사단장 이상의 장성들이 입는 갑옷은 금입사로 세공되어 무척이나 화려함을 자랑했다.

거기에 망토 역시 끝부분에 금사로 수를 놓은 터라 딱 보기에도 '나 장군이야' 라고 광고하는 모습이다.

"작전 개시까지 20분 정도 남았습니다."

"흠, 슬슬 준비시키도록. 기간트를 앞세우고 바로 밀고 들어갈 것이니."

"네, 장군!"

참모가 달려가 기간트 캐러밴에 대기 중이던 라이더들에게 명령을 하달했다. 그러자 그들은 캐러밴의 천막을 걷고 그 안에 서 있는 웅장한 락토르 왕국 범용 워리어급 기간트인 젤러스의 인증 아티팩트에 마나를 주입했다.

"기간트 탑승!"

"아펜! 탑승한다!"

각자의 탑승 명령어를 하달하고 곧 그들이 기간트 안으로 사라졌다. 그리고 시작된 기간트들의 움직임이 꽤나 조심스럽게 소리를 죽여 가며 행해졌다.

구웅! 철컥! 기잉! 철컥!

도합 열 대의 젤러스가 일어서자 곧 파노라마 사이트가 켜졌음을 알리는 기간트의 눈 부위에서 밝은 빛이 터져 나왔다.

'역시… 멋진 기체다.'

젤러스는 워리어급으로 체고 11미터에 더블 마나 코어 방식으로 1.6의 출력을 낼 수 있는 기체다. 체이스 제국과 로크 제국의 기간트들이 가지는 특징의 중간 형태를 지닌 기간트로 적당한 장갑과 스피드를 지녔다.

"장군, 모두 준비됐습니다. 그리고 하지 대령의 연락도 도착했는데 적진에서 서쪽 방어선을 막기 위해 증원 병력이 이동했다는 소식입니다."

"좋았어. 지금 즉시 출전한다. 초전에 박살 내버려!"

"명!"

참모는 활기차게 복명한 후 기간트 라이더들에게 수기로 진격을 알리는 명령을 내렸다.

쿵! 쿠쿵! 쿵쿵!

기간트들이 일제히 바위산을 오르기 위해 출전하자 이안은 그 즉시 돌아가 방어 진지로 복귀했다. 그곳에서 준비해 놓은 것들을 최대한 이용해야 이번 전투를 승리로 이끌 수 있을 것이다.

―아이반, 화살촉 대형으로 간다! 네가 중앙을 맡아라!

―랴져! 임무 접수!

유기적인 움직임을 보이며 열 대의 젤러스가 삼각 대형을 유지하며 중앙에 한 대의 기간트를 세우는 형태로 진군했다. 산악지형을 공격할 때 위쪽에서 공격하는 방법은 그리 많지 않았고, 지금의 대형이 방어에 유리했다.

―그런데 대장, 저놈들이 너무 반응이 없는 거 아니요?

—흐흐흐! 기간트를 일반 병사들로 막는다는 것 자체가 난센스지. 아마 저기 막아놓은 곳에 숨어서 벌벌 떨고 있을 게다.

—커런트 소장님의 작전이 주효했던 모양이유. 이거야 너무 싱거워서 싸울 맛도 안 나니 원.

—흐흐! 거저 주워먹는 전투도 있어야 하는 법이지. 옳지. 이제 조금만 다 가면 적의 방어 진지다.

라이더들은 내부 통신 마법으로 떠들어대며 산비탈을 올라갔다. 경사가 심해서 손까지 동원해서 겨우 올랐지만 아직까지 적의 움직임은 포착되지 않았다.

"제니스!"

"네, 주군!"

"시작하지. 바위를 굴려!"

"흐흐! 알겠습니다. 바위를 굴려라!"

이안은 중간 지점을 넘어 거의 진지에 도달하려고 하는 기간트들을 보며 명령을 내렸다.

산비탈의 시작점에서 공격을 시작한다면 피할 여유도 있을 것이고 균형도 흐트러지지 않아 기간트로 충분히 막을 수 있기에 지금에서야 공격하는 것이다.

"굴려라, 굴려!"

"영차! 영차!"

지렛대를 잡고 바위를 흔드는 병사들은 용을 쓰며 기간트들이 올라오는 곳을 향해서 바위를 굴리기 시작했다.

"간다!"

쿠르르르르르릉!

바위가 굴러 내리며 굉음을 토해냈다. 맨 처음 시작한 바위 공격이 시간을 더할수록 연속적으로 이루어졌다.

'이제는 내 차례인가?'

이안은 다른 두 진지의 전투에 신경을 곤두세우며 팔찌에 마나를 주입했다.

"라피드 소환!"

후웅! 스스스스슷!

꽤 넓은 공터에 마법진과 함께 나타나는 라피드의 모습을 본 사람은 제니스와 맥기 등이다. 나머지는 바위를 굴리느라 여념이 없었기에 아공간에서 튀어나오는 라피드를 보지 못했다.

"헉! 저, 저게 도대체 어디서……."

"주군, 저것은 무엇입니까?"

맥기는 손가락질을 하며 경악해 말을 잇지 못했다. 그나마 체이스 제국의 기간트를 탈취한 것을 알고 있는 제니스는 당황하기는 했어도 자신의 의사를 표현할 정도는 되었다.

"나중에 이야기하지. 지금은 전투에 집중해!"

"네? 네, 알겠습니다."

제니스는 저 괴상하게 생긴 기간트, 아니, 기간트라고 부르기에도 이상한 외형을 지닌 라피드의 정체가 무엇인지 궁금했다. 보통의 기간트들이 투구를 씌운 형태의 머리통을 선호하는데 저 기간트는 마신의 뿔처럼 거대하고 아름다운 두 개의 뿔을 가진 것이 너무 멋진 모습으로 다가왔다.

"라피드! 탑승한다!"

─마스터의 탑승을 환영합니다.

후웅! 스슷!

이안의 신형이 마법진에 의해서 라피드의 몸체 안으로 빨려들었다. 그리고 시작된 촉수의 연결은 이안의 머리와 손, 그리고 다리로 이어졌다.

─동화율 68%… 70%… 72… 동화율 92%입니다, 마스터!

라피드의 보고에 이안은 만족스런 미소를 지었다. 그동안 꾸준히 연습한 것이 지금 이 순간 빛을 발하는 것이기에 움켜쥔 주먹에 잔뜩 힘이 들어갔다.

─기동을 시작한다!

─마스터의 뜻대로!

라피드의 에고는 이안이 보내는 의지에 따라 천천히 움직여 나갔다. 서서히 속도를 올리는 이안이 방어 진지의 병사들 사이에 나타나자 아래쪽의 상황이 눈에 들어왔다.

'역시 베테랑 라이더들이라는 건가?'

지름 2미터 정도 되는 바위들이 굴러 떨어지는 것은 엄청난 위력을 나타낸다. 구를수록 가해지는 가속도와 그에 의해서 만들어지는 파괴력은 아무리 강철로 만들어진 기간트라고 해도 최소 반파에 준하는 타격을 받는다.

쎄엑! 콰지직!

선두에 서 있는 기간트가 전용 병기인 거대 팔치온으로 굴러오는 바위를 갈라 버렸다. 그리고 능숙한 운용 능력을 선보이며 바위의 잔해를 피하는 묘기를 선보였다. 나머지 기간트들도 자신들에게 주어진 바위들을 엇비슷한 재주를 드러내며 막아가는 모습이다.

'어디 한번 볼까?'

이안은 병사들이 굴리는 바위 하나를 중간에서 막고 들어올렸다. 라피드의 출력은 정확한 수치를 알 수 없었지만 지름 2미터 정도의 바위는 너무도 가볍게 들어 올릴 수 있었다.

'가랏!'

몸을 최대한 뒤로 젖혔다가 그 탄력을 이용하여 바위를 집어 던졌다.

쎄에에에에엑!

바람을 가르며 날아가는 바위의 속도는 마치.대포에서 쏘아내는 포탄처럼 선두의 기간트를 노리고 쏘아져 나갔다.

―대장! 위험!

바위 공격을 막기 위해서 분주한 다른 기간트들과는 달리 중앙에서 위쪽을 살피는 역할을 맡은 라이더 아이반은 경악 어린 음성을 토해냈다.

―무슨 일… 이런!

라이더의 대장으로 20년 넘게 기간트를 조종한 상급의 라이더인 스튜어트 남작은 다급히 방패를 들어 올리고 거대 팔치온에 모든 힘을 집중했다.

카각! 콰드드등!

바위를 자르는 것에 성공하는 듯 보였지만 그 압도적인 스피드와 힘에 밀려 팔치온을 든 기간트의 팔과 오른쪽 장갑에 바위로 얻어맞고 말았다.

―대장, 괜찮은 거요?

아이반이 얼른 넘어지려 하는 스튜어트 남작의 기간트를 뒤에서 받쳤다. 떨어져 나간 팔에서 마나가 새어 나왔고 전장갑은 보기 흉하게 찌그러져 버렸다.

―나, 나는… 괜찮다. 기동은 불가능하니 산개하여 전진하도록!

―알았수! 대장의 자리는 내가 맡겠수!

아이반이 전열을 이탈한 스튜어트 남작의 자리로 나서고 주춤했던 진군은 다시 재개되었다.

'도대체 저 정체불명의 기간트는 뭐지? 그런데 저게 기간 트가 맞긴 한 건가?

강철로 이루어진 기간트의 외장이 나타낼 수 있는 형태가 아니었다. 마치 뿔 달린 사이클롭스의 확장판이라고 해야 할 모습을 가진 기간트는 난생처음이었다. 그것도 가죽으로 두른 외피를 지니고 있으니 기간트가 아닌 마계에서 튀어나온 마수라고 불러야 할 놈이었다.

―조심해라! 지그재그로 뛴다!

―알겠습니다, 아이반 조장!

라이더들이 바짝 긴장한 채 대형을 이탈하여 지그재그로 뛰기 시작했다.

―네놈은 누구냐!

범용 통신망을 통해 물었지만 대답이 없는 것에 아이반은 확성 마법을 사용하여 외쳤다. 그러나 그 대답 대신 날아든 것은 커다란 바위 투척이었다.

―이 빌어먹을 새끼가! 넌 매너 따위는 안 키우는 놈이냐?

아이반은 바위를 피해내며 외쳤다. 일부러 자신을 향해서 공격을 집중시켜 다른 동료들이 움직이기 편하게 하기 위함 이었다.

―전쟁에서 매너 따지는 머저리도 다 있구나! 받아라!

슈앙! 쎄에에에엑!

연달아 바위가 날아들었다. 이를 앙다문 아이반이 회피 기동을 펼치며 가까스로 피해냈을 때 그곳으로 병사들이 굴리는 바위가 밀려들었다.

—젠장맞을!

쿠쿵! 콰지직!

외장갑의 방호력으로 가까스로 버티기는 했지만 심하게 우그러든 탓에 마나 회로에 약간의 이상이 느껴졌다.

—씹어 먹고 말겠다!

아이반이 바위의 잔해를 치우고 다시 달려나갈 때 방어 진지의 바로 아래까지 치고 올라간 기간트들이 이안의 라피드를 향해 공격해 들어갔다.

—부숴주마!

기간트 라이더들은 독기를 뿜어내며 라피드의 다리를 향해 거대 팔치온을 휘둘렀다. 지금의 상황은 오히려 위쪽에 있는 기간트가 불리했기에 그 공격에 라피드의 다리가 잘려나갈 거라 믿어 의심치 않았다.

콰앙! 부웅!

기간트는 공중 도약이 불가능한 것으로 알려져 있다. 30톤이 넘는 막대한 무게도 무게려니와 착지할 때 기간트에 무리가 따르기 때문에 시도하는 사람 자체도 없었다.

—마, 말도 안 돼!

아이반은 자신의 눈을 의심했다. 분명 잘려나갈 거라 여긴 팔치온의 공격을 피해 괴상한 기간트는 공중으로 도약하며 회피한 것이다.

그리고 연이어 기병창에 블레이드를 달아놓은 것처럼 생긴 기형 병기로 떨어지는 힘을 이용하여 찍어내고 있었다.

콰직! 콰지지직!

두꺼운 외장갑을 뚫고 들어간 기병창 형태의 병기가 거대한 기간트를 반으로 찢어발기는 모습은 거의 공포와 다름없었다.

─도대체 저 기간트가 뭐기에…….

─저놈 저거 보통의 방법으로는 안 되겠다! 내가 붙잡을 테니 뒤를 부탁한다!

라이더 하나가 독한 기운을 풀풀 풍기며 외쳤다. 그 말에 다른 라이더들은 만류하려고 하다 말았다. 저런 압도적인 능력을 보이는 기간트를 상대로 최소한의 피해로 이기려면 그 외에는 다른 방법이 없음을 그들도 잘 알기 때문이다.

─미안하다, 라헨!

─아니! 반드시 이겨라!

라헨이라는 라이더는 들고 있는 거대 팔치온을 던지고 그대로 육탄으로 이안의 라피드를 향해서 달려들었다. 막으려는 이안을 좌우에서 공격하는 기간트들이 견제하는 동안 거의 잡을 수 있는 거리까지 도달할 수 있었다.

'제법이군.'

싸움에서 약자들이 강자를 이기는 가장 효율적인 방법은 한 명을 희생하여 붙잡고 늘어지는 것이다.

행동에 자유를 잃으면 제아무리 뛰어난 고수라고 해도 하수들의 쏟아지는 공격에 당하는 것이 보통이다.

─잡았다, 이놈!

라헨은 두 팔을 벌리고 그대로 달려들어 이안의 라피드의 몸체를 감싸 안으려 했다.

─이거나 먹어라!

이안은 의지력을 극대화시키며 라피드를 움직였다. 거의 잡기 위해 달려온 라헨의 기간트를 향해 니킥을 먹인 것이다. 순간적으로 무리한 동작으로 인해 균형을 잡기 어려워 실행한 상식을 뛰어넘는 공격이었다.

콰앙! 콰지직!

낮은 곳에 위치해 있었기에 니킥이 들어간 곳은 라헨이 모는 기간트의 머리 부분이었다. 강렬한 일격에 그대로 기간트의 머리가 부서지며 날아갔다.

지저분하게 부서져 나간 머리가 사라지고 끊어진 마나 회선에서 연신 스파크가 튀어 올랐다.

─이, 이놈!

라헨의 돌격에 잠깐 옆으로 물러났던 기간트 라이더가 괴성을 지르며 미친 듯이 거대 팔치온을 휘둘렀다.

좁은 통로인 탓에 거의 비집고 들어오는 형태였는데 이안은 라헨의 부서진 기간트를 돌려차기로 걷어차 공격하는 기간트에게 날려 버렸다.

콰앙! 쿠당탕탕!

동체끼리 충돌하여 거칠게 뒤로 튕겨져 나가는 기간트는 산비탈을 미끄러지며 계속해서 추락해 내려갔다.

'이건… 악몽이다.'

아이반은 저 정체불명의 기간트와 그 기간트를 모는 라이더에게 공포를 느꼈다. 평지에서 싸우는 것이라면 혹시 모를까, 그렇지 않고 지금과 같은 지형에서라면 백번을 싸워도 자신들의 패배가 될 것임을 직감한 것이다.

8장

그래, 너 잘났다

이안의 라피드는 마수 제파스와 합쳐지며 근육과 오러소 드도 버틸 수 있는 외피를 얻은 상태였다. 덕분에 보통의 기 간트들이 해낼 수 없는 움직임이 가능했다.

점프와 상체를 뒤로 기울였다가 다시 세울 수 있는 동작만 으로도 기간트 전투에서 엄청난 이득을 볼 수 있었다.

"저, 저… 도대체 저 기간트는 어디서 만든 것이냐?"

6사단장인 커런트 소장은 진군을 멈추고 산의 중턱을 가리 키며 노발대발했다. 워리어급 기간트인 젤러스는 상대도 안 되는 움직임을 보이며 벌써 여섯 대의 기간트가 파괴되어 버렸다. 이대로는 이겨도 이긴 것이 아닌 전투가 되어버린 셈이다.

"이럴 때가 아니지. 다른 곳의 전투는 어떻게 되어가고 있는지 알아봐라. 어서!"

"네, 장군!"

전령들이 달려가는 동안에도 또 한 대의 기간트가 기형 병기에 꿰뚫린 채 기동을 멈췄다. 점점 방어 진지로 올라가는 입구는 기간트들의 잔해로 인해 막혀갔다.

'헥토르 후작각하께 된통 깨지겠구만. 젠장!'

기간트 전력이 열세인 반란군의 입장에서 한 대의 기간트라도 더 살려야 했다. 그런데 이제는 일곱 대가 파괴되어 바닥에 나뒹굴고 있으니 마음속에서 천불이 일어났다.

"장군, 남은 기간트라도 살리는 것이 어떻겠습니까?"

참모는 조심스럽게 기간트를 뺐으면 하는 의견을 냈다. 지금으로써는 남은 기간트라도 살려야 다음을 기약할 수 있었다.

"저 기간트가 아군이 후퇴하도록 놔두겠는가?"

"그것은… 하아, 소관의 생각이 짧았습니다."

"차라리 모든 기간트를 잃더라도 다른 곳을 뚫는다면 그게 낫다. 내 명령대로 하도록."

"명!"

'다른 두 대령이 잘해주기를 바라야겠군.'

이대로 전투가 지속된다면 헥토르 후작군은 악몽에 빠지게 될 것이다. 저런 기간트를 배후에 두고 작전을 진행시킬 수도 없었고, 진압을 하자니 또 얼마나 많은 기간트를 잃어야 할지 감이 잡히지 않았다.

"보고합니다!"

"그래, 다른 곳의 상황은 어떻다고 하는가?"

"괴상한 기간트들로 인해서 피해만 가중되고 있는 상황이라 합니다."

"뭐라? 다른 곳에도 기간트들이 있다는 것이 정말인가?"

"예, 제가 살펴본 바로는 정말 괴상하게 생긴 기간트 석 대가 적군의 방어 진지를 막고 서서 아군을 막아내고 있었습니다."

"이런… 알았다. 돌아가도 좋다."

"명!"

전령이 돌아가고 커런트 소장은 고심했다. 이대로 전투를 지속해 봐야 기간트의 열세를 극복하지 못하고 패배하게 될 것이다.

'어디서 기간트가 나타난 거지? 설마 로크 제국인가? 하아, 빌어먹을 로크 제국!'

중앙에 석 대의 기간트가 있다면 다른 곳도 역시 그와 비슷한 기간트가 있을 것이라 추측했다. 이곳의 기간트는 적어도 나이트급 이상의 기간트로 보였으니 그 정도가 적의 기간트 전력의 전부일 것이다.

"퇴각한다. 신호수!"

"네, 장군!"

"퇴각 명령을 알려라! 다른 곳도 퇴각하라고 전해!"

"충! 명을 받들겠습니다!"

신호수가 달려가며 퇴각을 알리는 뿔고동을 불었다.

빠앙! 뿌우우웅! 뿌웅!

일정한 규칙에 맞춰서 부는 뿔고동 소리가 거친 함성과 열기로 가득 찬 헬카이드 산맥을 뒤흔들었다. 그러자 살아남은 기간트들이 이안의 공격을 피해 뒤로 빠져나왔다. 바위 공격을 피해 미친 듯이 질주한 덕분인지 두 대의 기간트가 멀쩡한 모습으로 돌아올 수 있었다.

'패배다. 지독한 패배.'

커런트 소장은 앙다문 이에서 뿌드득 소리가 나는 것도 모른 채 분노를 터뜨렸다.

이번 전투는 적에 대해서 너무나 몰랐던 것이 가장 큰 패배의 원인이다.

적에게 기간트 전력이 있다는 것도 몰랐고, 수적인 우위만 믿고 너무 방심한 것도 한 요인으로 작용했다.

"와아아! 적들이 물러간다!"

"하하하! 꽁지가 빠져라 도망가는구나! 꼴좋다, 반란군 녀석들아!"

"우리의 승리다! 함성을 내질러라!"

병사들의 환호에 맞춰서 제니스는 검을 들어 올리며 포효했다. 그의 외침에 따라 일제히 함성을 내지르는 병사들의 우렁찬 포효가 헬카이드 산맥을 진동시켰다.

'후우, 다행히 적군이 물러가는구나.'

싸움이 지속됐다면… 아니, 적들이 방심하지 않고 다른 곳에도 기간트를 투입했다면 이번 전투는 어쩌면 패배했을 수도 있었다.

'마동포를 빨리 만들어야 한다. 그리고 샤베른도 더 만들어야 하고. 시간이 없구나.'

아마 다음번에는 적도 이 정도의 전력으로 밀고 들어오지는 않을 것이다. 후방의 안정을 위해서 최대로 기간트 전력을 투사할 것이 분명했다.

'아차, 이러고 있을 때가 아니지.'

이안은 서둘러 자신이 부순 기간트의 잔해를 한곳에 모았다. 혹시라도 적들이 다시 올라오면 기간트의 잔해 때문에라도 길이 막히도록 한 것이다.

'살아 있는 자가 있던가?'

기간트는 파괴되어 움직이지 않았지만 탑승부에서 미약한 감각이 느껴졌다.

—나와라. 죽이지는 않으마.

이안이 다가가 탑승부를 압박하며 말하자 살아남은 몇몇 라이더들이 기간트를 빠져나왔다.

"항복하겠소."

"항복……."

어디를 가나 라이더들은 최고의 엘리트 대접을 받는다. 기본적으로 대위 계급으로 시작하는 것은 기사와 똑같았고 진급 역시 무척 빠른 것이 라이더들이다. 물론 어느 정도 복무를 한 다음에는 대영주들의 스카우트를 받아 가는 것이 상례이기는 했다.

—제니스, 적들을 포박하라!

"명을 받듭니다!"

제니스가 충직한 어투로 대답하며 병사들을 데리고 내려와 살아남은 라이더들을 묶었다. 그중에 마지막으로 파괴된 기간트의 라이더인 아이반은 여전히 분한 표정으로 이안의 라피드를 노려보았다.

"캬악! 퉤! 절대 이대로 끝나지는 않을 것이다!"

절대 수그러들지 않는 적개심과 투지를 내보이는 아이반

을 본 이안은 라피드를 움직여 가볍게 손을 흔들어주었다. 잘 가라는 의미가 담긴 그 손짓에 아이반의 얼굴이 처참하게 일그러졌다.

"라피드! 탑승 해제!"

—마스터의 뜻대로!

후웅! 파앗!

라피드의 바깥으로 나온 이안은 아공간으로 라피드를 돌려보낸 후 중앙의 방어 진지를 향해서 달려갔다. 적군이 물러간 것을 보면 다른 곳도 승리했다는 것이 분명하지만 어느 정도의 피해를 입었는지가 관건이었다.

"어! 왔냐?"

샤베른을 조종하여 바위를 나르던 토리가 이안을 맞이했다. 치열한 전투가 있었음을 주변에 꽂혀 있는 수많은 화살을 통해서 알 수 있었다.

"피해는 얼마나 되냐?"

이안의 물음에 토리는 활짝 웃으며 대답했다.

"대승이다. 사망한 병사가 십여 명에 불과하니까. 나머지는 죄다 부상자다."

사백여 명의 병력으로 하지 대령이 이끄는 삼천의 병력을 막아낸 것치고는 희생이 적었다. 아마도 샤베른이 없었다면 그 피해는 막심했을 것이다.

"아래를 봐. 아마 놀랄 거다. 흐흐흐!"

토리의 말에 방어 진지 아래쪽을 내려다본 이안은 참혹한 전투의 참상을 볼 수 있었다.

'후우, 많이도 죽었군.'

하지 대령은 커런트 소장의 본대가 막히는 것에 무리해서 뚫으려고 했다. 그 결과가 적어도 한 개 천인대 정도는 죽어나간 듯이 보이는 적군들의 시체였다.

"이안, 여기 있었구나."

맥컬리와 안드레아가 달려왔다. 그들 역시도 승리를 쟁취한 덕분인지 무척이나 흥분한 기색이다.

"서쪽 방어 진지는 어떻게 됐냐?"

"우리가 온 거 보면 모르겠냐? 대승이지. 하하하!"

맥컬리는 허리에 양손을 올리고 가슴을 들썩이며 웃었다. 친구들과 주요 지휘부가 다 모이자 이안은 자신의 생각을 피력했다.

"나 오늘 밤 저들의 진지를 기습할 생각이다."

"오늘 밤에? 그건……."

적군은 대패를 한 상황에서 군을 물렸다. 그나마 기간트도 두 대밖에 남지 않은 상황이니 야습을 가한다면 최대의 효과를 볼 수 있을 거라 여겼다.

"나쁘지 않은데?"

토리가 이안의 의견에 반색했다. 그가 생각하기에도 적은 자신들이 공격을 가할 거라 생각하지 못할 것이다. 지금 뼈아픈 패배를 당했다고 해도 저들은 요새와 같은 헬카이드의 험준함에 기대어 버티는 소규모 적으로 분류할 것이다.

물론 기간트를 가지고 있다는 것에 조심하기는 하겠지만 산에서 내려갈 거라고 생각하지 못하는 이상 야습은 반드시 성공할 수 있었다.

"얼마나 야습에 동원할 생각이냐?"

맥컬리의 별동대는 서쪽 방어 진지의 싸움에서 꽤 많은 상처를 입었다. 사망자는 적어도 부상을 입은 자들이 제법 되는 상태였다.

'퀼베른을 이용하는 것이 좋겠어. 비록 능숙하지는 못하겠지만 움직이기만 하면 되니까.'

토리와 샤베른을 조종하는 병사들은 퀼베른을 타본 적이 없다.

동화율은 바닥이겠지만 기사인 친구들이 기간트를 타고 모두 나선다면 그것만으로도 적에게는 엄청난 위협이 될 수 있었다.

"받아라!"

이안은 험프리의 마법 가방에서 퀼베른의 마스터 인증 아티팩트를 꺼내 던졌다.

"응? 이게 뭔데?"

"쥘베른의 마스터 인증 아티팩트다."

"뭐, 쥘베른? 그 고물 기간트가 아직도 남아 있냐? 크크! 그
거 진짜 대박인데?"

토리는 쥘베른이라는, 지금은 원시 기간트 취급을 받는 것
의 인증 아티팩트를 받아들고 신기한지 이리저리 돌려가며
살폈다.

"야, 근데 인증 아티팩트만 주면 어떻게 하라고? 기간트는
어디에 있냐?"

"후후! 팔찌에 차봐. 그럼 자연히 알게 될 거다."

"그래? 뭐 밑져야 본전이니까."

토리는 팔찌 형태의 아티팩트를 손목에 착용했다. 그러자
일어나는 마나의 반응에 깜짝 놀란 눈으로 이안을 쳐다보았
다.

"이, 이거 정말이냐?"

"물론! 사백 년 전의 대마법사 레이첼 님이 남긴 거다. 그
쥘베른이 말이야."

"오오! 완전 대박! 이거야말로 초대박이다! 하하하!"

토리는 서둘러 마스터 인증을 하고 난 후 쥘베른을 직접 소
환했다.

"나와라! 쥘베른!"

후웅! 스팟!

둥근 형태의 쥘베른이 모습을 드러내자 다른 친구들도 놀란 얼굴로 쥘베른을 구경하기에 여념이 없다.

특히 아공간에서 나오는 형태에 놀란 친구들은 그 효용성에 대단하다며 놀라움을 표시했다.

"너희들도 받아라."

두 개의 쥘베른을 더 꺼내서 맥컬리와 안드레아에게 건네자 싱글벙글한 표정이 되어 각기 인증 작업을 마쳤다.

"이안, 근데 쥘베른을 받은 것은 좋은데 말이다."

"응? 왜?"

"이걸로 야습을 할 생각은 아니겠지?"

토리가 약간 걱정스런 얼굴로 물었다. 라이딩이라는 것이 한순간 이루어지는 것이 아니기에 그걸 걱정하는 것이다.

"움직일 수 있으면 된다. 오늘은 그 정도면 충분해."

"그래? 뭐 그 정도라면……."

마나를 다룰 줄 알면 움직이는 것 정도는 누구나 할 수 있었다. 다만 그것이 얼마나 인간이 움직이듯이 할 수 있느냐의 차이일 뿐이다.

"기간트가 공격에 나선 것을 알면 적들은 혼란에 빠질 거다. 그때를 노려 공격하면 큰 피해를 적에게 가할 수 있다."

"알았다. 야습을 나가기 전까지 조금이라도 연습해 두도록 하겠다."

"흐흐! 드디어 이 몸이 기간트 라이더가 되는구나. 으하하하! 다 죽여주겠어!"

친구들의 너스레를 들으며 이안은 아공간 가방 안에 쟁여 놓은 체이스 제국의 기간트를 처리하기 위해 움직였다. 아직 그 기간트들은 친구들에게 보여서 좋을 것이 없었다.

꿀꺽! 꿀꺽!

"크으, 오늘따라 유난히 쓰군."

커런트 소장은 병력을 물려 5km 떨어진 곳에 진채를 세웠다. 밤이 늦은 시간까지 이루어진 상황 파악에서 적어도 이천의 병사가 죽거나 다쳤고, 기간트는 모두 여덟 대가 대파되었음을 알게 되었다.

'빌어먹을 새끼들 같으니…….'

밤에 이루어진 보고에서 헥토르 후작은 책임지고 이겨내라고 성화를 부렸다. 그 외에 여러 곳에서 비아냥거리는 마법 통신들이 날아들었기에 울분이 쌓일 만큼 쌓인 상태다.

"장군!"

"들어오게."

"참모장께서 기간트 열다섯 기를 충원해 주신다고 방금 연락이 왔습니다."

"뭐라? 그게 정말인가? 언제? 언제 보내준다고 하던가?"

"내일 날이 밝는 대로 보내준다고 했으니 사흘 정도만 기다리면 될 겁니다."

부관의 말에 분노로 얼룩져 있던 커런트 소장의 얼굴에 회심의 미소가 번졌다.

열다섯 기를 더 보내준다면 남아 있는 두 기의 기간트까지 합해서 총 열일곱 기의 기간트 전력이다.

'그 빌어먹을 새끼들이 가지고 있는 기간트가 여덟 대라고 했으니 충분해. 이번에야말로⋯⋯.'

움켜쥔 손에 저절로 힘이 들어갔다. 귀까지 벌어지는 입술을 뚫고 유쾌, 통쾌, 상쾌한 웃음소리가 흘러나왔다.

"흐흐, 크하하하하! 내 이번만은 반드시 저 빌어먹을 새끼들을 쓸어내고 말겠다! 하하하하하하!"

"하하! 미리 축하드립니다, 장군!"

"아니야. 부관이 최선을 다해준 덕에 이런 결과를 낳은 게지. 한잔 들게. 하하하!"

커런트 소장이 내미는 술잔을 받아 든 부관이 공손하게 술을 받아 마시는 것을 시작으로 패전의 아픈 기억을 씻어내기라도 하려는 듯 술판이 벌어졌다.

"저기⋯ 이래도 되는 건지 모르겠습니다."

대령 중 하나가 약간은 걱정스런 모습을 보였지만 커런트 소장은 손을 내저었다.

"저놈들은 절대 저 산에서 나올 수 없네. 그리고 척후를 깔아놨으니 저놈들의 기간트가 움직이면 바로 알 수 있어. 걱정 말고 오늘은 마시도록 해."

"으음, 알겠습니다, 장군."

척후를 사방에 깔아둔 것을 믿고 아픈 가슴을 달래며 술잔을 기울였다. 화기애애한 분위기가 되어버린 회의실은 어느새 오고 가는 술잔과 함께 점점 더 고조되어 갔다.

피잉! 파각!

날아든 화살이 바위틈에 숨어 있는 척후병의 머리를 관통했다. 비명도 지르지 못하고 죽어나간 척후병이 쓰러지기도 전에 유령처럼 다가온 이안이 손을 흔들었다.

"드디어 여기까지 왔군."

적의 진채가 바로 보이는 지점까지 들어온 이안과 친구들은 뒤에 도열하고 있는 정예 병력을 살펴보았다. 비록 숫자는 적었지만 낮의 전투에서 대승을 거둔 탓에 그 누구보다 사기가 오른 병사들의 모습은 믿음직스러웠다.

'지미와 그 동료들이 무척이나 큰 도움이 되었다.'

제법 많은 척후대를 풀어놓은 적이지만 귀신같이 알아내

고 화살을 날리는 지미와 동료 사냥꾼들의 활솜씨에 모두 저
승 객이 되고 말았다. 저들이 아니었다면 꽤 많은 시간과 노
력을 기울여야 했을 것이다.

"밀튼, 제니스."

"말해."

"하명하십시오, 주군."

"두 사람이 병력을 맡아. 기간트로 적진을 헤집어놓고 반
대쪽까지 간 후 다시 돌아서 올 때를 노려라."

"맡겨둬."

밀튼이 대답하자 제니스 역시 힘차게 고갯짓을 하며 눈빛
을 빛냈다.

"자, 그럼 시작해 보자고. 샤베른 소환!"

이안이 아공간 가방에 넣어온 샤베른 다섯 기를 꺼내놓자
영문도 모르고 참가한 샤베른을 조종하는 병사들의 눈이 동
그래졌다.

"뭐, 뭐야, 인마? 너 도대체 얼마나 아티팩트를 챙긴 거야?
이것도 레이첼 님이 남긴 아공간 가방이냐?"

"후후! 그렇게 됐다. 그리고 많이 알면 다쳐."

"으득! 나중에 보자. 좋은 아티팩트 안 내놓으면 친구 목록
에서 깔끔하게 삭제해 주마."

"후후! 그러던지. 기간트 꺼내!"

"썩을 놈. 그래, 너 잘났다. 쥘베른 소환!"

토리가 쥘베른을 꺼내자 다른 친구들도 소환하며 기간트에 올랐다. 그러자 갑작스런 마나 유동에 적군의 진영에 불이 밝혀졌다.

"알아챈 모양이군. 가자!"

이안이 선두로 달려가고 그 뒤를 샤베른 다섯 대가 따랐다. 뒤뚱거리는 걸음으로 가까스로 이동하는 토리와 친구들이 마지막으로 따르며 야습이 시작되었다.

"적이다! 적의 야습이다!"

경계병의 외침과 신호용 마법탄이 공중에서 터졌다. 비상이 걸린 6사단의 진채는 갑옷도 제대로 입지 못한 병사들이 무기만 달랑 든 채로 달려나왔다.

─그대로 밀고 간다!

이안은 병사들이 불쌍했지만 야습은 시간이 생명이기에 그대로 라피드를 몰아 적진으로 달려갔다.

후웅! 쎄에엑!

산 위에서 싸울 때와는 다르게 화염 마법구가 이안을 제일 먼저 반겼다.

'마법이라……. 한번 맞아보는 것도 나쁘지 않지.'

지금의 라피드가 가진 능력이 어느 정도인지 정확하게 알지 못했다. 그것을 알기 위해서라도 파이어 볼 정도의 마법은 몸으로 때우며 나갈 생각이다.

콰앙! 화르르륵!

화염구가 라피드의 몸체에 직격하며 거친 화염을 토해냈
다.

"라피드! 피해 상황은?"

─이상 없습니다, 마스터!

"그래? 외장갑의 피해도 없다는 말이지?"

─그렇습니다. 방금 정도의 마법으로는 제 외장갑에 아무
런 영향을 주지 못합니다.

"후후! 그렇단 말이지?"

이안은 득의의 미소를 지으며 마법을 날린 마법사를 향해
달렸다.

"도, 도망가라!"

파이어 볼로 기간트를 어떻게 하겠다는 생각은 없었다. 하
지만 최소한 마나의 교란 현상이라도 일어나기를 바라며 공
격한 마법사들이다.

사단 직속의 종군마법사들은 최고가 4클래스의 마법사들
이었고, 파이어 볼 이상의 마법은 사용할 수 없었다.

"아, 안 돼! 으아아악!"

도망가는 마법사를 그대로 짓뭉개며 달려가는 이안의 눈
이 남아 있는 두 대의 젤러스를 찾았다. 그들을 막지 않으면

샤베른을 몰고 있는 병사들이 위험해지기 때문이다.

쿵쾅! 쿵쾅!

'오는군. 후후! 어서 오너라, 젤러스의 라이더들이여!'

이안은 두 대의 젤러스가 흉험한 기세를 풍기며 달려오는 것에 우뚝 서서 거대한 기병창을 겨눴다.

─낮의 복수를 해주마! 간닷!

─철저하게 부숴주겠다!

두 라이더는 평지에서 싸우게 된 것이라 기세등등한 모습으로 달려들었다.

낮의 싸움은 산비탈에서 이루어져서 기간트의 능력을 제대로 발휘하지 못했다고 여겼다. 그래서인지 더욱 힘차고 강렬한 기동을 선보이며 이안의 라피드에게 공격을 펼쳐냈다.

'역시 평지에서는 최고의 기동성을 지닌 젤러스답다.'

체이스 제국의 기간트가 중장갑의 묵직함을 무기로 삼는다면 젤러스는 중장갑 대신 경장갑을 선택하여 스피드를 보강한 기체였다.

부앙! 쎄에에엑!

거대 병기들이 부드러운 움직임을 보이는 젤러스로부터 쏘아져 들어왔다. 위쪽과 아래쪽을 교차로 노리며 공격하는 라이더들의 공격은 무척이나 정교하게 이루어졌다.

'제법이기는 하다만… 스피드는 라피드가 최고다!'

이안은 라피드의 기동력을 최고로 올리며 뒤로 회피 기동을 했다가 역으로 치고 나갔다.

부웅! 카앙!

기병창을 막아서는 젤러스의 방패에 깊은 상처가 생겼다. 방패가 부서지기 직전 들어 올려 기병창을 쳐올린 라이더는 기간트의 자세를 숙였다가 전진하며 팔치온을 쳐냈다.

쎄엑! 피잇!

놀라운 움직임으로 팔치온을 피해낸 이안의 라피드가 기체를 반회전시키며 기병창으로 젤러스를 후려갈겼다.

콰앙! 콰지직!

묵직한 공격을 허용한 젤러스가 심하게 구겨진 외장갑 덕분에 가까스로 버텨냈다.

—제길! 죽엇!

라이더는 공격을 허용한 것에 열이 받았는지 저돌적으로 달려들었다. 거의 육탄전의 형태로 달려드는 것에 이안의 라피드는 빙글 선회하며 옆으로 빠져나갔다.

—나를 잊으면 곤란하지!

남은 또 다른 기간트의 라이더가 공격을 피해내는 이안의 라피드를 향해 팔치온을 휘둘렀다. 동료의 공세에 가려 자신의 접근을 이안이 알아채지 못한 것에 쾌재를 불렀다.

쉬이이이익!

아래쪽에서 사선으로 치고 올라오는 팔치온의 공세에 이안은 최고의 집중력을 발휘하여 젤러스의 몸통을 향해 라피드를 붙였다.

—이, 이런!

콰직! 쿠쿵!

젤러스의 몸체와 붙은 이안의 라피드가 손으로 젤러스의 방패를 든 팔을 붙잡았다. 휘둘러진 팔로 인해 약간의 타격을 받았지만 그대로 신형을 뒤집으며 젤러스를 집어 던졌다.

—으어, 으아아아!

도저히 동급의 기간트로서는 해낼 수 없는 동작이고 파워였다. 30톤이 넘는 거체를 집어 던지려면 적어도 출력 2.5의 킹급의 기간트여야 했다.

—미, 믿을 수 없어.

공중제비를 돌며 날려간 기간트가 거칠게 바닥에 처박혔다. 그리고 이어지는 이안의 라피드 공세는 기간트 라이더의 눈을 부릅뜨게 만들었다.

콰직! 콰콰콰쾅!

공중으로 점프하며 그대로 덮쳐온 라피드의 기병창이 다시 일어나려고 하는 젤러스의 등판을 뚫고 들어갔다. 라이더가 탑승하고 있는 탑승부를 그대로 꿰뚫어 버린 공격이었고, 그것으로 기간트의 움직임은 멎어버렸다.

—으아아아아! 죽여 버리겠다!

또 한 명의 동료를 잃은 남은 기간트 라이더의 폭갈에 이안은 라피드의 몸체를 바로 세웠다.

'이성을 잃었군.'

전투에서 종종 보이는 가장 멍청한 유형의 라이더라 생각되었다. 그 어떤 싸움에서도 적당한 흥분은 모를까, 분노로 이성을 잃어버리는 자는 라이더의 자격이 없었다. 그 행동으로 인해서 혼자 죽으면 상관없지만 주위의 다른 자들까지 해치는 결과를 초래하기 때문이다.

부아아앙!

거대 팔치온을 두 손으로 잡고 그대로 사선 베기로 공격해 들어왔다. 젤러스의 모든 힘이 실린 일격이기에 그 기세는 사뭇 흉험하게 느껴졌다.

기긱! 파팟!

무리한 동작을 펼쳤지만 라피드의 동체는 그 어떤 압력도 거뜬히 견뎌내며 이안의 의지대로 움직여 주었다.

—으아아아! 죽엇! 죽엇!

마구잡이로 팔치온을 휘두르며 달려드는 기간트를 보며 이안은 싸늘한 조소를 머금는 것과 동시에 대각선으로 치고 나갔다.

부아아앙! 콰직!

최대 속도로 기동한 후 멈추는 동작은 기간트의 하부에 엄청난 무리를 주는 행동이다. 그럼에도 무리 없이 이루어지는 라피드의 움직임은 반회전을 하며 기병창으로 공격하는 것까지 완벽하게 이루어졌다.

'완벽해!'

머리가 부서져 나간 기간트를 뒤로한 채 적군이 모여 있는 곳으로 라피드의 동체를 틀었다. 그러자 겁에 질린 병사들이 서서히 물러서는 것이 보였다.

―으라라랏! 삽자루 공격이다! 으하하하!

광소를 터뜨리는 한 병사의 외침에 6사단의 병사들은 이안의 뒤쪽으로 시선을 틀었다. 그리고 도저히 믿을 수 없는 광경에 눈을 부릅떠야 했다.

'이런, 삽자루를 달고 있는 것을 그대로 가져오다니… 실수했군.'

방어 진지가 부서진 것을 복구하느라 샤베른의 무장을 떼어내고 삽자루를 달아놓았었다. 그것을 그대로 몰고 온 병사는 그것을 무기 삼아 휘둘러 대며 외쳤다.

―전속력으로 돌파한다! 그대로 뭉개!

―추웅!

샤베른을 모는 병사들은 이안의 명령에 우렁차게 복명하고 그대로 이안의 뒤로 따라붙으며 적병들에게 달려갔다.

쿵쾅쿵쾅쿵쾅!

지축을 울리는 발자국 소리를 내며 라피드와 샤베른 다섯 기, 그리고 그 뒤를 뒤뚱거리며 쥘베른 세 기가 병사들을 휩쓸어가기 시작했다.

"으아아아! 도망가라!"

"죽고 싶지 않아!"

병사들은 기간트의 돌진에 싸울 의지 따위는 저 멀리 집어던지고 우왕좌왕 몰려다녔다. 덕분에 기간트에 의해서 죽는 병사들보다 그들끼리 충돌하며 짓밟혀 죽는 병사가 더 많았다.

"장군, 후퇴를 하셔야 합니다. 장군……."

술에 취해 잠이 들었다가 야습을 받고 난 후에야 깨어난 커런트 소장은 망연자실한 표정으로 아무 말도 못했다. 이 어이없는 실책은 그 어떤 변명으로도 넘어갈 수 없는 상황이다.

"장군, 정신 차리십시오. 이대로는 전멸입니다, 장군!"

참모의 다그침에 그제야 정신이 돌아온 커런트 소장은 참담함을 감추며 간신히 명령했다. 그러나 이미 분노와 절망, 그리고 참을 수 없는 패배감에 전신의 마나가 뒤틀리기 시작했다.

"퇴각하라. 퇴각을… 크윽!"

가슴을 부여잡으며 괴로워하는 커런트 소장의 모습에 부

관이 재빨리 그를 부축했지만 이미 눈동자가 뒤집어져 가는 중이다. 분노로 인해 마나의 역류 현상이 벌어진 것으로 십중 팔구 죽게 될 것이다.

"퇴각한다. 퇴각!"

부관이 커런트 소장을 들쳐 업은 채 퇴각 명령을 대신 하달했다. 그때부터 6사단의 진정한 악몽이 시작되었다.

9장

지금이요? 고맙죠...귀

　기간트들의 돌진에 6사단의 병사들은 저항도 해보지 못하고 죽어나갔다. 몇몇 마법사와 기사들이 주축이 되어 기간트를 공격하려 했지만 그때마다 나선 이안에 의해 싸늘한 주검으로 변해야만 했다.

　"때가 되었다. 전군! 공격하라!"

　"우와아아아아아!"

　함성을 울리며 6사단을 향해 맹렬히 진격해 들어가는 이안의 병사들로 인해 적진은 더욱더 아비규환의 장으로 변해 버렸다.

서걱! 쎄에엑!

"캐액!"

"사, 살려… 크윽!"

혼란에 빠진 병사들은 자신들이 군인이라는 것도 잊은 채 병장기를 집어 던지고 살기 위해 달렸다. 그들의 도주에도 악착같이 공격하는 병사들의 움직임은 그 어느 때보다 힘차고 용맹했다.

'지휘부가 빠져나가는군.'

모두 죽일까도 생각했지만 지휘부를 제거하는 것보다 중요한 것이 남아 있었다.

—항복하라! 항복하는 자들은 죽이지 않는다!

라피드를 통해서 증폭된 이안의 목소리가 어둠에 휩싸인 전장을 뒤흔들었다.

기간트를 피해 이리저리 뛰어다니던 병사들은 그 음성에 자신도 모르게 항복을 외쳤다.

극한까지 몰린 상황에서 살길이 열리니 의지와는 상관없이 본능적으로 외쳐댄 것이다.

"항복이오!"

"하, 항복합니다!"

병사들이 속속 항복하겠다고 외치며 병장기를 버리자 이안은 최대한 많은 항병을 받아들이기 위해 기간트들을 움직여 요소요소를 막아갔다.

─제니스, 항병들을 포박하고 정리하라!

"추웅!"

제니스는 이런 전투도 있다는 것에 흥분을 감추지 못했다. 고작해야 기간트와 육백 명의 병력으로 이루어진 공격대에 의해서 칠천에 달하는 적병이 항복을 한 상황이다.

물론 태반이 넘는 병력이 빠져나갔다지만 그 정도만 해도 전율이 느껴질 만큼 대단한 전과였다.

"저항은 꿈도 꾸지 마라! 네놈들이 탈출할 수 있는 방법은 없다!"

제니스가 혹시라도 모를 암습에 대비하여 항복한 병사들을 윽박질렀다.

곳곳에 배치된 기간트들로 인해서 그럴 의지를 잃어버린 항병들은 그저 고개만 숙인 채 한곳으로 모여들었다.

"무기를 수거하도록!"

제니스는 항병을 따로 분류하고 전투 수단인 무기를 모두 수거해 한곳에 쌓았다.

"빨리빨리 움직여!"

"크윽! 밀지 마요. 갈 테니까."

병사들은 울분을 내보이며 한곳에 모였고, 그들을 둥글게 둘러싼 이안의 병력이 활을 겨눈 채 기세등등한 모습을 보였다.

꽈앙!

강하게 내려친 테이블에 깊숙한 손바닥 자국이 남았다. 보통의 실력으로는 해낼 수 없는 무위를 내보이는 자는 무릎을 꿇고 있는 로베르트 상단주를 죽일 듯이 쳐다보았다.

"다시 한 번 지껄여 보거라. 뭐가 어쩌고 어째?"

"사, 살려주십시오, 공작 전하!"

로베르트 상단주는 부들부들 떨며 살려달라고 빌고 또 빌어야 했다. 텔레포트 스크롤을 통해서 체이스 제국으로 돌아온 그는 곧바로 주군인 라펠러 공작에게 달려왔다.

"크크크! 그러니까 네놈이 기간트 다섯 기를 모두 잃어버리고서도 살려달라고 청하는 것이냐? 이노옴!"

분노가 가득 실린 노성을 토하며 라펠러 공작은 손에 잡히는 대로 로베르트에게 집어 던졌다.

퍼억! 챙강!

이마에 날아가 부딪친 술잔이 깨지고, 로베르트의 이마에서 붉은 선혈이 흘러내렸다.

"살려주십시오. 모든 것이 제니스 그놈의 배신 때문에 벌어진 일입니다. 한 번만 더 기회를 주시면 잃어버린 기간트는 물론이고 그놈들이 가지고 있는 아티팩트도 반드시 빼앗아

오겠습니다."

쿵쿵!

흘러내리는 피도 아랑곳하지 않고 그대로 바닥에 이마를 찧으며 선처를 바랐다. 그 모습 때문인지 화를 많이 억누른 라펠러 공작이 물었다.

"그자가 가진 것이 정말 아공간 가방이 맞느냐?"

"그렇습니다. 기간트 다섯 기를 넣는 것을 직접 보았으니 확실합니다."

"흐음, 그런 아티팩트를 가지고 있다면 고대의 던전이라도 발굴한 것인가?"

"그것은 저도 잘……. 하지만 이거 하나만은 분명합니다. 그가 드워프들과 함께 함정을 팠고, 그것 때문에 전멸당했습니다. 아마도 드워프들이 마나석 광산을 차지한 것으로 보입니다."

"나도 들었다. 그 문제 때문에 로크 제국에서 항의가 들어왔으니까 말이야. 뭐 그런 놈들 쯤이야 문제될 것은 없겠지만."

로베르트는 공작의 분노가 어느 정도 사그라진 것을 느끼고 자신에게 유리하게 일을 꾸미려 할 때였다.

"공작 전하, 소작 몬테스 자작입니다."

"들라!"

라펠러 공작가의 정보를 담당하는 몬테스 자작이 등장하자 로베르트는 급히 입을 다물고 고개를 숙였다.

"무슨 일인가?"

"레드아이의 보고가 올라왔습니다."

"무슨 내용인지 말하게."

"그것이……."

몬테스 자작이 로베르트 상단주를 보며 말을 잇지 못하자 공작이 고개를 저었다.

"괜찮아. 이야기하도록 해."

"락토르에서 재미난 일이 벌어졌다고 합니다. 이안 레이너라고 알려진 젊은 기사가 헥토르 후작의 반란에 반기를 들고 역반란을 일으킨 것을 아십니까?"

"호오! 그런 젊은이가 있었나? 요즘 보기 드문 기개를 지녔구먼."

"그가 이번에 헥토르 후작 휘하의 6사단을 박살냈다고 합니다."

"뭐? 그게 정말인가? 기사 하나가 무슨 수로 사단 병력을 박살낸다는 말인가?"

"그게 천여 명의 병력을 규합하여 역반란을 일으킨 상황에서 6사단이 그것을 진압하기 위해 출전했다고 합니다. 그런데 초전에서 밀린 6사단이 물러서자 헬카이드에 있던 이안 레이너와 그 부하들이 대거 야습을 가해 6사단이 괴멸되는 피해를 입었다는 보고였습니다."

"허허! 그것참, 대단한 인재라고 해야 하나, 아니면 그 6사단을 지휘한 장군을 머저리라고 해야 하나?"

"패배한 분을 이기지 못하고 마나의 역류로 죽은 커런트 소장은 제법 괜찮은 장군으로 알려진 자였습니다. 그러니 이안 레이너라는 그 젊은 기사가 대단하다고 봐야겠지요."

"그런가? 허어, 적국에서 그런 인재가 나오다니……."

라펠러 공작은 입맛이 쓰게 느껴졌다. 체이스 제국은 전통적으로 무를 숭상하는 나라지만 오랜 세월이 흐르며 그 정신이 서서히 사라져 가고 있는 세태였다.

"그보다는 그가 사용했다는 기간트가 재미있습니다."

"기간트? 어떤 기간트이기에 재미있다는 표현을 쓰는가?"

"적어도 나이트급의 기간트가 아닐까 판단하고 있습니다."

나이트급의 기간트라는 말에 라펠러 공작은 자신도 모르게 자리에서 일어섰다. 놀란 눈의 공작에게 몬테스 자작이 보고 내용을 소상하게 설명했다.

"그런 기간트가 있다는 말이지. 잠깐! 아까 내 기간트를 탈취해 간 그놈의 이름이 뭐라고 했지?"

방향을 바꿔 로베르트 상단주에게 묻는 질문에 고개를 숙이고 있던 그가 잽싸게 대답했다.

"이안 레이너였습니다. 그가 가지고 있는 아공간 가방을 생각하시면 답이 나올 것입니다."

로베르트는 자신에게 살길이 열렸다는 생각에 얼른 이안 레이너의 이름을 대며 아공간 가방까지 언급했다. 그러자 라펠러 공작의 두 눈에 은근한 탐욕의 빛이 일어났다.

"몬테스 자작!"

"하명하십시오."

"마르틴 백작을 부르게."

"마르틴 백작을 말씀이십니까? 그분을 왜… 아, 명을 따르겠습니다."

공작이 부르라고 한 마르틴 백작은 라펠러 공작 휘하의 라이더 중에서 발군의 실력을 지닌 자다. 그리고 그가 모는 나이트급의 기간트라면 수적인 우위를 바탕으로 이안 레이너라는 기사를 포획할 수 있을 것이다.

'그가 가진 기간트를 제외하고는 제대로 된 기간트가 아니라고 했으니……. 췰베른이라고 했던가? 그 고물 기간트들…….'

몬테스 자작이 나가고 난 후 공작은 다시 머리를 조아리고 있는 로베르트 상단주에게 말했다.

"한 번 더 기회를 달라고 했더냐?"

"예, 공작 전하!"

"좋다. 내 마르틴 백작과 휘하의 블루소드 기간트 병단을 파견할 것이다. 그를 안내하여 마나석 광산과 그 애송이 기사가 가지고 있다는 기간트를 빼앗아 오너라. 할 수 있겠느냐?"

"물론입니다. 기필코 해낼 것입니다, 전하!"

"흐흐흐! 그래야 할 것이다. 암!"

로베르트는 살길이 열리자 이마에서 흐르는 피를 닦아내며 한숨 돌렸다.

'기다려라, 이놈! 내가 겪은 이 치욕을 몇 배로 갚아줄 것이니.'

로베르트는 각오를 다지며 다시 한 번 락토르 왕국으로 가는 길을 선택했다. 그리고 자신을 조롱하던 그 애송이 기사에게 자신이 당한 것의 곱절을 되돌려 주리라 단단히 맹세했다.

"당분간은 적의 공격이 없을 거다. 6사단이 패퇴한 이상 반란군의 세력에서 따로 빼내는 것에는 시간이 걸릴 테니까."

이안의 말에 모든 친구들이 동감한다는 듯이 고개를 끄덕였다.

항복한 반란군 병사들을 회유하는 작업을 진행 중인 안드레아를 제외한 나머지 지휘부가 모두 모인 자리이기에 지난밤의 전투에 대한 이야기들로 화기애애한 분위기를 연출했다.

끼익!

임시로 만든 요새도 점점 요새다운 모습을 갖춰갔는데 회의실로 쓰이는 석굴 안의 방은 문까지 달 정도로 발전했다.

"이제 오냐?"

"그래, 무슨 이야기를 하고 있었냐?"

"별거 아냐. 어제 전투에 대한 이야기지."

"크크! 또 토리가 허풍이라도 치고 있었나 보군."

안드레아의 말에 토리가 발끈하며 불퉁거렸다. 친구들 중에서 가장 허풍을 떠는 캐릭터가 토리였고, 그것은 다른 친구들 모두 인정하는 바였다.

"허풍은 무슨! 내가 얼마나 열심히 쥘베른을 조종했는지 알어? 모르면 말을 말라니까?! 크! 진짜 전투가 끝나고 나니 동화율이 41%에서 56%까지 오르더라고. 진짜 발에 땀이 날 정도로 달렸다고. 알아?"

토리의 말에 친구들은 고개를 살래살래 내저었지만 한 사람도 얼굴에 미소가 사라지지 않았다.

"아, 그보다 어제 죽인 반란군 중에 작전 장교가 있었던 모양이야. 병사 하나가 뭔가 중요한 물건인 것 같아서 가지고 왔다더라."

안드레아가 테이블 위에 내려놓은 것은 장교 전용의 가방으로 주로 작전에 관한 계획서나 지시서가 들어 있는 것이었다.

"뭐가 들어 있는데?"

"암호 체계를 바꿨는지 해독이 불가능했다. 베수트 식의 난수표를 적용해 봐도 말이 안 되더라고."

"암호 체계를 바꿨어도 티모시 너라면 해독할 수 있겠지?"

티모시는 이안이 건네는 암호로 쓰인 지시서를 보며 살펴 내려갔다. 친구들 사이에서 괴짜로 통하는 티모시는 예전부터 암호를 푸는 것을 취미로 가진 특이한 친구였다.

"한번 해보마."

"부탁한다. 아참, 안드레아, 항복한 병사들은 어때?"

"말도 마라. 폭동을 일으키려고 하는 놈들을 잠재우느라 진땀깨나 흘렸다."

"폭동을 일으켜?"

"잡힌 놈들 중에 기사가 몇 명 끼어 있더라고. 장교들도 섞여 있고. 그들이 주도해서 폭동을 일으킬 모의를 했다더라."

"끄응! 기사의 명예를 저버린 새끼들이 하는 짓 하고는."

폭동이 일어나면 죽어나가는 것은 결국 일반 병사들이었다. 기사들은 그들의 죽음을 틈타 임시 요새를 탈출하여 헥토르 후작에게로 달려갈 생각이었을 것이다.

"따로 빼놓지 그랬냐?"

"아이언핸드 님이 만들어주신 수갑하고 족쇄로 꽁꽁 묶은 뒤에 토굴에 따로 가뒀다. 아이언핸드 님이 그러는데, 그거 부수려면 마스터 정도는 되어야 할 거라고 하더라."

　"후후! 잘했다."

　이안은 드워프제 수갑과 족쇄에 묶인 기사들을 생각하며 싱긋 웃었다.

　"그나저나 보고를 올려야 하는 거 아냐?"

　토리의 말에 모두는 이안을 쳐다보았다. 이안이 리더였고 그가 상부에 보고하는 것을 전담하고 있으니 이번에도 책임지고 하라는 무언의 압력이었다.

　"빌어먹을 새끼들 하고는. 알았다, 내가 알아서 하마."

　"흐흐! 역시 우리의 리더일세, 친구!"

　"선임의 임무에 충실하라고. 하하하!"

　친구들의 떠넘기기에 이안은 고개를 저으며 보고할 내용을 정리해 나갔다.

　"그런데 이안."

　"응? 왜?"

　"기간트에 대해서는 어떻게 설명할 거냐? 특히 대마법사 레이첼 님이 만든 그 아공간을 가진 쥘베른 말이야."

　"아, 일단 사실대로 이야기해야겠지. 아공간을 만드는 것은 7클래스의 마도사면 가능한 거니까."

"기간트를 넣을 수 있는 아공간 마법진은 처음 있는 일 아니냐? 특히 8클래스의 마스터나 되어야 만들어낼 수 있는 거 잖아."

"흠! 끝까지 숨겨야 할까?"

"내 생각에는 숨길 수 있을 때까지 숨겨야 할 것 같다. 아니면 왕국에서 특작부대를 파견해서 이 요새부터 차지하려 들 테니까."

맥컬리가 하는 부정적인 의견에 이안은 절대로 피해야 할 일임을 상기했다.

'어떻게 한다? 아공간 소환이 가능한 쥘베른에 대한 것을 숨기려면 어떤 식으로 보고해야 하지?'

기간트를 동원해서 야습을 성공하려면 근처까지 접근해야 한다는 것이 전제된다. 지난밤의 대승도 그것이 가능했기에 이룰 수 있었던 것이니 말이다.

'후우, 별수 없지. 샤베른에 관한 것을 알리는 수밖에.'

샤베른은 쥘베른과는 또 다른 논란거리가 될 것이다. 드워프들이 만든 기간트로 비록 최하급의 마나 출력을 지닌 기체이지만 그 수가 많아지면 그것도 무시 못할 전력이 된다.

"이안!"

"응? 아, 미안. 무슨 말 했는지 다시 말해줄래?"

"크크! 또 저 멍 때리는 걸 보게 되네. 아직 아무 말도 안

했다."

"그러냐? 아직 안 했으면 지금 하면 되겠네. 뭔데?"

"보고 하고 나면 마나 코어를 좀 만들어라. 아무래도 샤베른이 많이 필요할 거 같으니까."

"안 그래도 그럴 생각이다. 조금만 기다려 줘."

이안은 아이언핸드가 요청한 샤베른에 장착할 마나 코어를 제작할 생각이었다. 한 개의 마나 코어를 만드는 것에 들어가는 시간도 몇 번의 작업을 통해서 비약적으로 발전한 상태라 부담이 없었다.

"그럼 그렇게 알고 샤베른을 조종할 인원을 늘리도록 해."

"맡겨 둬. 내가 아주 빡세게 굴려서라도 팍팍 만들어낼 테니까."

"후후! 살살 해라. 애들 주눅 들면 그거 평생 가니까."

"고작 그 정도에 주눅 들면 세상 뭐 하러 사냐? 콱 혀 깨물고 죽어야지. 흐흐흐!"

토리의 과격한 말에 친구들은 그저 웃고 말았다. 그의 말대로 샤베른처럼 조종관을 이용해서 운용하는 기간트는 며칠 정도만 해도 충분히 숙달할 수 있으니 손재주가 있는 이라면 주눅 들고 말고 할 것이 없었다.

"난 보고하러 갈 테니까 너희들은 최대한 항복한 병사들을 회유해 봐. 어차피 그들도 락토르 왕국의 백성이니까 회유할 수 있을 거야."

"알았다. 그건 우리가 알아서 하마."

"그래, 그럼 힘들 내자고!"

"오오!"

친구들과 주먹을 들어 올리며 다시 한 번 힘을 모은 후 이안은 마법 통신을 위해 움직였다.

—레이너 경, 특별히 보고할 사안이라도 있는가?

심드렁한 알렉세이 후작의 목소리가 들려왔다. 이안은 모르고 있지만 반란군의 공세에 밀려 진압군으로 투입된 2군단이 초전에 대패했기 때문이다.

헥토르 후작의 그늘에 가려 만년 이 인자 취급을 받던 레마겐 후작의 2군단이 진압을 명 받고 기세 좋게 출발한 것이 보름 전의 일이다.

레마겐 후작은 일인자로 올라설 기회를 잡은 것에 조금 과한 욕심을 부렸고, 그 결과가 초전에 개박살이 나는 걸로 막을 내렸다.

아마 4군단이 동남부에서 압박하지 않았다면 2군단이 괴멸당했을 정도의 대패였다. 덕분에 락토르 왕국은 진압을 위해 귀족군까지 동원령을 하달한 상황이었다.

"어제 6사단과 교전이 있었습니다."

―6사단과 말인가? 어찌 되었나? 아, 아니지. 전황이 어려운가?

천여 명의 병력으로 헬카이드 산맥에 숨어든 상황이다. 그러니 사단 병력과 맞붙었다면 그대로 붕괴되었을 수도 있었다.

"아닙니다. 저희가 승리했습니다."

―뭐라? 그게 정말인가?

"저를 위시한 락토르 왕국의 장병들은 보국충정의 투혼을 발휘하여 쳐들어온 6사단을 훌륭하게 격퇴했습니다. 그리고 야습을 통해 방심하고 있던 6사단을 괴멸시켰습니다."

―오오! 장하다! 귀관이야말로 이 나라 기사들의 표상일세!

알렉세이 후작의 목소리가 급격하게 밝아졌다. 개전 초기에서 암울한 소식이 들려와 고성이 오가는 왕궁이 아니던가. 이 희소식을 전한다면 그나마 국방성 차관으로서의 면목이 설 것이다.

"초전에서 죽인 반란군의 수는 이천 정도입니다. 그리고 야습을 가해서 일천을 죽이고 삼천을 사로잡았습니다."

―6천이나? 허허! 대단하구나, 대단해!

"커런트 소장을 비롯한 지휘부는 잡지 못했습니다만 도망간 병력은 채 삼천이 되지 못할 겁니다."

―레이너 소령!

"예, 알렉세이 후작 각하!"

─지금 보고한 내용을 이미지 마법으로 저장해 놓았는가? 전공 보고를 위해서는 필요한 일임을 귀관도 잘 알 거라 생각하네.

"물론입니다. 지난 전투가 끝나고 죽인 적군과 획득한 전리품, 그리고 잡아들인 포로도 모두 찍어놓았습니다."

─잘했다. 바로 보내주도록 하게. 내 그걸 가지고 국왕 전하께 보고할 것이네.

"예, 각하!"

─하하하! 오랜만에 귀가 깨끗해지는 느낌이로구만.

"그리고 한 가지 더 드릴 말씀이 있습니다."

─또? 뭔지 말해보게?

"다름이 아니라 지난 전투에서 젤러스 열 기가 투입된 것을 모두 완파시켰습니다."

─뭐라? 젤러스 10기라고 했는가?

"그렇습니다, 각하."

─혹시 전공을 부풀리려고 하는 소리는 아니겠지?

도저히 믿어지지 않는다는 알렉세이 후작의 반문에 이안은 도리질을 치며 말했다.

"군문에서 허언을 하는 것은 곧 죽는 길이라 배웠습니다. 맹세코 사실입니다."

—어, 어떻게 말인가? 자네들에게 기간트라도 있는가?

기간트는 기간트로만 상대할 수 있었다. 그게 아니라면 디스트로이어라고 해서 마스터급에 오른 검사들이 가끔 기간트를 홀로 잡아내고는 했을 뿐이다.

"맞습니다. 아군의 진영에 기간트가 있습니다."

—뭐라? 왜 진즉에 그런 보고를 하지 않았나?

"그게 말입니다, 드워프 일족이 만든 샤베른이라는 기간트가 없었다면 전멸하는 쪽은 소관의 부대였을 겁니다."

—오오! 신이 도우신 게로구만.

"그리고 부친으로부터 사백 년 전 가문의 시조이신 렉시온 님의 팔찌를 물려받았습니다. 그냥 팔찌로 알았던 것이 아공간이 인챈트된 유물이었습니다. 우연히 그 안의 것을 발견했는데 그 안에는 대마도사로 알려졌던 프록시나 레이첼 님이 실은 대마법사였고, 그분이 남긴 아공간 가방이 들어 있었습니다."

—가만. 프록시나 레이첼이라면 리하르트 왕국의 멸망과 관련된 대마도사가 아닌가?

"맞습니다. 실은 그분이 대마법사였습니다. 9클래스의 경지를 개척한 지고한 분이셨습니다. 그분이 남긴 아공간 가방에 쥘베른 세 기가 들어 있었습니다. 급한 김에 기사인 친우들이 목숨을 걸고 탑승해 싸워야 했습니다. 그 도움도 컸습니다."

─허허! 이거야 너무 대단한 소리를 들어서인지 가슴이 진정되지 않는구만. 보고는 그게 전부인가?

"그렇습니다, 각하!"

─알았네. 일단 쥘베른과 드워프들이 주었다는 샤베른도 같이 찍어서 보내주게. 그래야 제대로 된 보고를 올릴 수 있을 테니 말일세.

"명령대로 하겠습니다."

─그래, 다시 한 번 승전을 축하하네.

"감사합니다, 각하!"

이안이 깍듯하게 인사하자 알렉세이 후작은 이후로 몇 가지 당부의 말을 남기고 마법 통신을 끊었다.

"후우, 이것도 못할 짓이다."

한숨을 내쉰 이안은 고개를 가로저었다. 비록 내 것을 지키기 위해 거짓말을 하고 있지만 그것이 결코 오래가지는 않을 것임을 잘 알고 있다.

'강해져야 한다. 내 것을 빼앗기지 않으려면.'

지금 시점에서 답은 아주 간단하고 명료했다. 강해지는 것, 그 누구도 함부로 건드리지 못할 정도로 강해지는 길만이 살아남고 가진 것을 빼앗기지 않는 방법이었다.

락토르 왕국의 대전은 지금 폭탄이 떨어진 것과 같은 상황이 되어 있었다.

개전 초기의 2군단이 패배한 것과 맞물려 있으나마나 한 것으로 여기던 이안 레이너라는 기사가 이끄는 부대가 6사단을 괴멸에 가까운 패배로 몰아넣었다는 것이 알려진 탓이다.

그리고 무엇보다 그들이 가지고 있는 기간트에 대한 논란이 거셌다.

"지금 무슨 소리들을 하는 겁니까? 젊은 기사들이 큰일을 해냈으면 상찬을 해줘도 시원찮을 판에 거짓말을 한 벌을 줘야 한다니요?"

"기간트 전력을 획득하면 반드시 왕국에 보고하는 게 원칙입니다. 그것을 어겼으면 당연히 벌을 줘야지요. 안 그렇습니까?"

귀족파의 발언이 거셌다. 근왕파의 귀족 중의 일부도 그런 귀족파의 발언에 동의하는 모양새다.

"보보스 백작, 잠깐 착각하고 있는 것이 있어 보이네."

"제가 착각을 했다는 말씀이십니까? 그게 뭡니까?"

"기간트라고 다 기간트가 아니지. 레이너 소령이 찍어서 보내온 마법 영상에 보이는 기간트는 정확하게 말하면 기간트라고 보기 어렵네. 기계 장치라고 해야지."

7클래스의 마도사이자 왕실 마탑의 탑주인 이실리스 후작의 말에 모두가 주목했다.

"이실리스 후작!"

"하명하시옵소서, 전하!"

"기간트가 아니라고 했는가?"

"그렇사옵니다. 지금의 기간트들은 솔져급만 해도 마나 코어의 출력이 1.0 이상일 경우 기간트로 인정하는 추세입니다. 하오나 저 샤베른이라는 기체는 출력이 0.7이 안 되고 그나마 조종하는 방식도 원시적인 조종 장치를 직접 움직여 사용하는 것이옵니다."

"그러니 기간트가 아니라 기계 장치다?"

"그러하옵니다."

"흐음, 탑주가 그렇게 말한다면야 기계 장치가 맞겠지."

국왕은 자신에게 첫 승전보를 안겨준 젊은 기사들을 망치려 하는 귀족들이 마땅치 않았다. 하여 본의 아니게 이안을 두둔하고 나선 것이다.

"하오나 전하, 쥘베른은 멸망한 리하르트 왕국의 기간트였사옵니다. 그것을 취득했으면 보고를 해야 하는 것이옵니다."

지켜보던 시밀로프 후작은 슬며시 이안을 해코지할 목적으로 그리 말을 꺼내며 다른 귀족들의 동조를 구했다.

"그건 내가 해명하겠소."

못마땅한 눈으로 지켜보던 알렉세이 후작이 나섰다. 그 역시 군부의 인사인 이안이 문관들에게 까이는 것에 분노하고 있는 차였다.

"해명이라니 어떤 해명을 하시렵니까?"

"아공간이 인챈트된 렉시온 레이너의 팔찌를 부친으로부터 물려받고 부임한 이안 레이너 경이오. 그가 팔찌의 비밀을 풀었을 때는 이미 반란이 벌어진 상황이라고 했소. 그 상황에 쥘베른을 습득했다고 왕궁까지 와서 보고를 올릴 수 있겠소?"

"그, 그거야……."

"젊은 군부의 기사들이 한 번도 타보지 않은 그 쥘베른에 목숨을 걸고 탑승했소. 라이더가 아닌 기사들이 말이오. 나라를 지키기 위해 목숨을 걸고 싸운 그들을 시밀로프 후작 그대가 죄인 취급을 하고 있는 것이오. 그대는 지금 그대가 한 발언이 어떤 결과를 초래할지 알고 계속 지껄이는 거요?"

과격한 알렉세이 후작의 말에 이안을 계속해서 죄인으로 몰아가던 시밀로프 후작과 귀족파의 귀족들은 목이 쑥 들어갔다. 강렬한 알렉세이 후작의 투기가 집중된 탓이다.

"벌을 청하옵니다, 전하!"

알렉세이 후작은 귀족파의 발언이 잠잠해지자 투기를 거두고 국왕에게 벌을 청했다.

"아니다. 알렉세이 후작의 말에 나 또한 느끼는 바가 많노라. 쉘베른을 진즉에 발견했다면 그들 또한 라이딩 연습을 했어야 옳다. 그러나 마법 영상에서 본 쉘베른의 기동은 그들이 목숨을 걸고 탔다는 말이 옳음을 보여주었노라."

"감읍하옵니다, 전하!"

알렉세이 후작이 물러서자 락토르 국왕은 진정된 모습을 보이는 신하들에게 말했다.

"일의 인과관계를 따져보면 이안 레이너 경이 목숨을 걸고 아국을 위해 싸우고 있음을 부정할 수 없다. 또한 그가 취득한 아티팩트와 기계 장치 역시 그의 소유이며 왕국법에 저촉되지 않는 것임도 인정한다. 따라서 락토르의 정신을 실천하고 있는 그 젊은 기사들이 세운 공을 기려 일계급 특진을 명하고 작위에 관한 것은 반란이 종료되는 시점에서 논할 것이다. 모두들 그렇게 알고 해산하도록 하라."

"명을 받들겠사옵니다, 전하!"

신하들이 모두 머리를 조아리자 한 건 해냈다는 표정을 짓는 국왕이 근엄한 모습을 내보이며 대전을 나섰다. 국왕이 사라지는 것에도 시밀로프 후작은 자신에게 면박을 준 알렉세이 후작을 노려보며 이를 갈아붙였다.

"끄응, 이제는 중령인가? 거참, 계급 올라가는 소리가 후덜

덜하네."

이안은 토리가 만들어서 가지고 온 중령 계급장을 견장에 바꿔 달았다. 조악하게 만들어진 계급장일망정 그 무게감은 이전에 느끼는 것과는 많은 차이가 있었다.

"올! 이게 누구신가? 우리의 호프 이안 레이너 중령이 아니신가? 나 토리 중령일세. 으하하하!"

토리의 농담에 따라 들어온 친구들 역시 어깨에 찬 계급장을 으쓱거리며 웃었다.

"후후! 어서들 와라."

"중령 계급장… 이거 달아도 되는 거 맞냐?"

특이한 정신세계를 가지고 있는 티모시였지만 현실을 보는 눈이 남다른 녀석의 말이라 이안은 잠깐 침묵했다. 그러나 자신들이 세운 공이라면 특진을 해도 무방한 사안임에는 분명했다.

"괜찮다. 천인대 병력으로 사단을 격파했으면 특진 감이니까."

"하아, 이 전쟁이 어떻게 될지 나도 잘 모르겠지만… 왠지 무서워진다."

티모시의 걱정에 이안도 씁쓸하게 미소 짓고 말았다. 어린 나이에 중령의 계급을 단 것이 나중에 어떤 식으로든 되돌아올 거라는 걸 알고 있기 때문이다.

"아참! 이러려고 온 것이 아닌데 말이야. 이거 봐라."

티모시가 품에서 꺼낸 것은 전날 가지고 간 암호화된 명령서였다.

"해독을 한 거냐?"

"체이스 제국에서 보내기로 한 보급 물자의 이동 경로와 그것을 돕기 위해 6사단이 병력을 파견하라는 명령서였다."

"뭐? 그럼 아주 중요한 문건이잖아?"

"그렇지. 그래봐야 저놈들 세력권에서 이동하는 거라 어떻게 할 수도 없는데, 뭐."

티모시가 말에도 풀어놓은 명령서를 읽어 내려가는 이안의 눈빛은 반짝거리며 빛나고 있었다.

'어쩌면… 이번 전쟁을 더 빨리 끝낼 수도 있겠다.'

보급품이 무엇인지는 나오지 않았지만 체이스 제국에서 올 보급 물자라면 안 봐도 그것이 무언지 알 것 같았다.

'바로 기간트지. 그것만 파괴할 수 있다면… 헥토르 그자의 기세도 급격하게 꺾일 것이다.'

이안은 보급 물자가 운송되는 루트를 확인하고 굳은 결심을 다졌다. 탈취하든가 아니면 그곳에서 파괴하기만 해도 이번 전쟁은 락토르 왕국의 승리로 끝맺음될 것이다.

10장

그렇게는 안 되지

　이안이 생각하는 지금의 상황은 지키면서 반란군의 배후를 조금씩 괴롭히는 정도는 가능하다는 것이다. 2군단과 4군단이 동북진하여 헥토르 후작의 반란군과 맞붙고 있는 상황이라면 더 이상 저들도 이곳에 집중하지 못할 것이기 때문이다.

　"항복한 포로 가운데 몇이나 전향했냐?"

　지금 상황에서 병력을 충원할 수 있는 유일한 방법이 포로로 잡은 병사들을 전향시켜서 아군으로 만드는 길뿐이었다.

　"그게 쉽지 않다."

"후우, 다들 생각이 없나보구나."

"1군단에서 오랫동안 군 생활을 한 이들이다. 그동안 헥토르 후작의 영향력 아래 있었을 것이니 쉽지는 않겠지."

"방법을 찾아야 하는데 말이야."

"빨리 방법을 찾지 못하면 싸우기도 힘들어질 거다."

"음, 그렇겠지. 포로를 관리하는 병력이 빠져야 하니."

포로가 삼천이나 되는 것은 지금 상황에서 이득보다는 재앙에 가까웠다. 군량을 탈취했기에 어느 정도 여유는 있지만 저들이 먹어치울 곡식을 생각하면 속이 쓰린 일이다.

"차라리 다 죽여 버리자. 어차피 나중에 반란이 진압되면 노예로 팔려갈 놈들이잖아? 그게 더 인간적이지 않겠냐?"

토리가 과격한 발언으로 친구들의 이목을 끌었다. 모두 죽인다면 그 원성을 어떻게 감당할지 모르겠다는 반응들을 보였다.

"그래, 그것도 한 방법이겠다. 어차피 노예로 팔려갈 놈들이니 말이야."

"응? 전부 죽이겠다고?"

"아니, 내 말은 노예로 만드는 거야. 노예병으로 만들어서 싸우게 하면 화살받이로라도 써먹을 수 있지 않겠어?"

이안의 말에 친구들은 '그게 가능해?' 라는 반응을 보였다.

"가능하다. 힘이야 들겠지만 마나석을 사용해서 노예의 인장을 걸면 마나의 소모도 그리 크지 않을 거고."

"이안아, 아무리 그래도 그건 좀 아니지 싶다. 한때는 같은 연병장에서 구르던 전우들이지 않냐."

맥컬리는 동료이던 항복한 병사들을 노예로 만드는 것에 반대였다. 지금은 적이 되었지만 한때는 전우였고, 앞으로도 계속해서 적군으로 남지만은 않을 거라 믿었다.

"내가 생각하는 세상은 확률 싸움이다. 너무 이기적인 생각일지는 모르지만 확률이 낮은 싸움은 피하고 싶다."

"낮더라도 해봐야 하는 거 아니냐?"

"후우, 평시라면 그렇게 했을 거다. 하지만 지금은 전시다. 승리를 위해 6할의 확률이 있는 일이라면 나머지 4할이 옳은 일이라고 해도 버려야 한다. 모두 정신 차려. 우린 군인이다."

단호한 이안의 말에 나머지 친구들은 한숨을 내쉬며 입을 굳게 다물었다.

비록 독선적이라 할 정도로 이안의 주장이 파격적인 면은 있었지만 그렇게 할 수밖에 없는 상황이라는 것이 마음에 들지 않았다.

그들이 아는 이안은 극선이라고 할 정도는 아니지만 꽤나 정의롭고 친구 간의 정, 인간의 정을 소중하게 여기는 친구다. 그런 그가 저런 선택을 하게 만든 전쟁이라는 괴물이 싫어졌다.

"이안의 말에 동의한다. 우린 지금 군인이니까."

"하아, 나도 동의."

친구들이 모두 동의하자 이안은 독한 마음을 굳히며 자리에서 일어났다.

"난 그 작업을 위해서 아이언핸드 님께 다녀오마."

"그래, 일단 노예로 만드는 작업이 시작되기 전에 최대한 회유를 해보마."

"그렇게 해. 자발적인 참여가 아니라면 차라리 노예병으로 만드는 게 낫다는 거 잊지 말고. 지금은 독하지 않으면 죽는다. 그걸 명심해."

"나도 안다. 갔다 와라."

토리의 대답에 이안도 굳은 인상을 풀지 못한 채 걸음을 옮겼다.

'정말 드워프들의 기술은 놀랍구나.'

이안은 지금 임시 요새와 헬카이드의 배꼽을 연결하는 통로로 접어들었다. 시원하게 뚫린 굉도에는 작은 레일이 양 방향으로 두 줄이 깔려 있고 그 위에 한 대의 수동궤도차가 놓여 있었다.

"이렇게 하면 되는 건가?"

이안은 이름을 알 수 없는 정체불명의 궤도차 위에 올라타고 긴 손잡이를 붙잡았다.

끼익! 끼이익!

제법 묵직한 힘이 소요되는 일이었지만 위아래로 움직이는 손잡이의 양만큼 궤도차가 앞으로 나아갔다.

드르르르르르릉!

궤도차가 이안이 원한 대로 뚫어놓은 굉도의 원형 지대를 지나자 미친 듯이 달리기 시작했다. 완만한 경사가 있어서 오히려 속도를 줄여야 할 정도로 빠르게 직선 구간을 질주했다.

'와우! 좋은데, 이거?

정말 가슴이 뻥 뚫릴 정도로 재미있었다. 스릴도 넘쳤고 가공할 스피드에서 전해오는 박진감은 진짜 최고라고 할 만했다.

'후후! 이걸로 애들 놀이기구를 만들면 진짜 최고겠네.'

레일을 모두 강철로 만들어야 하니 초기 비용은 많이 들겠지만 이런 놀이기구라면 날마다 타고 싶을 것 같았다.

'나중에 반란이 끝나고 여유가 된다면… 한번 만들어보는 것도 나쁘지 않겠어.'

이안은 오랜만에 여유를 되찾고 미래를 생각할 수 있었다. 너무 바쁜 현재, 그리고 그보다 더 바쁘게 느껴지는 과거를 생각하니 한적한 미래라는 것은 상상이 되질 않았다. 그래도 잠깐의 한적한 미래를 꿈꾸는 것이 나쁘지만은 않았다.

"브레이크를 잡아!"

궤도가 끝나는 지점에서 한 드워프가 소리를 질렀다.

'웅? 아이언핸드 님이네?'

이안은 멀리 보이는 드워프가 아이언핸드라는 것을 알고 그의 외침대로 궤도차의 오른쪽에 달려 있는 브레이크를 잡아당겼다.

끼이이익! 기기기기깅!

너무 빠른 속도로 달려온 터라 브레이크를 잡았어도 꽤 길게 밀려간 후에야 궤도차가 멈춰 섰다.

"아이언핸드 님, 이거 진짜 죽이는데요?"

"흐흐흐! 자네도 궤도차의 재미에 빠져들었구만. 처음 타면 누구나 반하는 것이지. 이번에는 특히 7km에 달하는 직선 구간을 달리는 거라 최고지. 암, 최고이고말고."

"하하하! 정말 그러네요."

이안이 어린아이처럼 좋아하는 모습에 아이언핸드 역시 기뻐하며 화통하게 웃었다.

"어제 대규모 전투가 벌어진 것 때문에 어떻게 됐는지 알아보려고 가던 참이네."

"아, 죄송합니다. 미리 연락을 드렸어야 하는 건데."

"아니야. 바쁜 자네들의 사정을 전혀 모르는 것도 아니고 말일세."

"이럴 게 아니라 마을로 가시죠. 부탁드릴 것도 있고 하니까요."

"그렇게 하세."

아이언핸드와 함께 드워프의 마을로 돌아가는 길은 3km 정도를 몬스터의 땅을 뚫고 가야 했다. 물론 길을 만들어놓고 드워프 전사들이 주기적으로 정찰하기에 요즘은 접근하는 몬스터는 없었다.

"어제 전투는 어떻게 됐나?"

"이겼습니다. 야습까지 가해서 적 한 개 사단을 거의 괴멸시키는 것에 성공했죠."

"오! 한 개 사단이라면, 흐흐, 그게 얼마나 되는 건가?"

"후후! 대략 일만 명 정도 되는 병력입니다."

"오오! 그렇게나 많은 병력을 물리쳤다는 이야기인가? 정말 대단하구만, 대단해!"

아이언핸드는 일족의 은인이자 친구로 여기는 이안이 대승을 거둔 것에 그 누구보다 기뻤다.

"감사합니다. 그런데 그것 때문에 좀 곤란한 지경에 처했습니다."

"응? 곤란하다니? 이겼으면 그만이지 곤란할 건 또 뭔가?"

"후후! 포로를 너무 많이 잡았다는 것이 문제입니다. 삼천 명이나 되는 놈들을 동굴 감옥에 가둬놓고 있어봤자 식량만 잡아먹을 뿐이니까요."

"아하! 그게 또 그렇게 되는 거로구만."

"그래서 말씀인데… 그들을 노예병으로 만들기로 했습니다. 우리를 위해 싸울 것이 아니라면 모두 죽여야 하는데… 그건 또 인간으로서 할 짓이 아니지 않겠습니까."

"흐음, 노예병이라…… 드워프로서는 결코 권하고 싶지 않은 방법이네."

드워프들은 노예라는 것을 극도로 혐오했다. 물론 마계에서 살아온 아이언핸드가 노예를 본 적은 없겠지만 그들에게 전승된 기억이나 기록 등에서 노예에 관한 것을 알고 있었다.

"다른 대안이 있다면 그런 방법을 택하지는 않았을 겁니다. 하지만 지금은 살아남는 것이 최우선입니다."

"그 생각에는 동의하네. 그럼 나중에는 어떻게 할 생각인가? 계속 노예로 부릴 생각은 아니겠지?"

"물론입니다. 반란이 종식되고 모든 상황이 원래대로 돌아가게 되면 그들을 풀어줄 생각입니다. 물론 최선을 다해서 싸워야겠지만 말입니다."

이안의 생각은 노예병으로 복무하게 될 그들이 싸워서 살아남는다면 그 전공을 인정하여 원래의 신분으로 회복하게 해줄 생각이다. 전쟁에서 패배하면 그들은 왕국법에 따라 노예로 팔리게 될 것이니 결코 나쁜 선택은 아니었다.

"그렇다면 돕도록 하겠네."

"감사합니다. 후후!"

"어떤 것을 만들어주면 되겠는가?"

"노예의 인장을 찍게 되면 영원히 그 흔적이 남게 됩니다. 볼이나 이마에 찍는 것이 기본이니까요. 해서 목에 걸 수 있는 끊어지지 않는 목걸이가 필요합니다. 노예의 인장을 인챈트할 수 있는 마법진도 새겨야 하구요."

"일족을 모두 동원해야겠구만. 그래, 포로는 모두 얼마나 되는가?"

"총 삼천 명 정도 됩니다."

"한 사흘은 무척 바쁘게 움직여야겠어. 허허허!"

드워프 일족이 모두 동원되어 개목걸이로 불리는 노예의 인장이 새겨진 목걸이를 만들어야 할 판이다. 마동포도 제작해야 하고 샤베른도 더 만들어야 하는 입장인 드워프들에게는 입에 단내가 날 정도로 달려야 함을 의미했다.

"죄송합니다. 만날 이렇게 일감만 가져다 드려서."

"아닐세. 자네를 돕는 것은 곧 우리를 돕는 거라는 걸 나도 잘 아네. 이곳에 정착하게 된 것만 해도 우리에게는 큰 도움이고 말이야."

아이언핸드의 사심 없는 대답에 이안은 더욱 미안해졌다.

어떻게 보답을 하고 싶어도 지금 그의 상황에서는 보답을 한다는 것 자체가 무리였다.

"저 새끼들이 왜 모두 모은 건지 아는 사람 있어?"

"낸들 알겠어. 설마 모두 죽이려는 것은 아니겠지?"

"설마. 포로를 죽이는 법은 없어."

병사들이 이야기를 나누는 동안에도 그들을 포위하고 있는 이안의 병력은 활시위에 화살을 걸어놓고 만약의 사태에 대비하고 있었다.

"모두 주목하라!"

임시로 만들어놓은 단상 위로 올라간 이안이 강렬한 투기를 뿜어내며 포로들을 쳐다보았다. 그 눈빛에 찔끔하며 병사들은 서둘러 고개를 숙이거나 딴청을 피우며 입술을 삐죽거렸다.

"맥컬리, 별동대를 투입해."

"알았다. 별동대, 작전대로 시행하라!"

맥컬리의 명령에 별동대 대원들이 포로들의 정면에 도열했다. 마주 보는 형국으로 선 그들은 완전무장을 한 상태로 강한 기세를 발산해 냈다.

"으으……."

"설마……."

포로들은 자신들을 죽이려고 하는 것은 아닌지 공포에 젖었다. 하지만 이내 이안이 내리는 명령에 공포에서 벗어날 수 있었다.

"일 열씩 앞으로 나와라."

"어서 움직이지 못해! 시간 없다! 빨리 움직여!"

포로들은 기사 복장을 하고 있는 맥컬리와 안드레아 등의 고함 소리에 반응하여 일 열이 앞으로 나섰다.

"나눠 주는 목걸이를 착용해라! 별동대원들은 착용을 거부하는 놈은 죽여라! 이건 명령이다!"

"추웅!"

별동대원들은 이번 일이 얼마나 중요한 일인지 잘 알고 있었다. 지난밤 맥컬리의 심도 깊은 교육을 받은 탓이다.

"착용하지 않는 자는 죽는다! 실시!"

"어서 착용해!"

병사들은 으름장을 놓는 것으로 그치지 않고 금방이라고 검을 휘두를 것처럼 살기등등한 모습을 연출했다.

"으으, 젠장……."

"착용한다고! 해!"

포로들은 나눠 준 목걸이를 목에 걸었다. 끼는 것은 문제가 아니었는데 끼우자마자 화살촉처럼 생긴 줄이 더 이상 빠지지 않았다.

"이게 뭐요?"

"뭐긴 뭐야, 개목걸이지."

"끄응……."

병사들이 모두 착용한 것을 확인하고 손을 들어 올렸다. 모두가 손을 들자 이안이 손짓하여 다음 순서를 진행하라는 신호를 보냈다.

"다음!"

"어서 움직여! 저항하는 놈은 바로 즉결 처분이다!"

별동대원들의 기세에 눌린 포로들이 순서를 바꿔가며 목걸이를 목에 걸었다. 어떤 방법으로도 끊을 수 없는 것이라 생각한 그들은 그것의 정체가 결코 좋은 것은 아닐 거라 짐작할 뿐이다.

"모두 착용했습니다, 레이너 중령님!"

"수고 많았다. 대기하도록."

"충!"

별동대의 병사들은 다시 검을 겨눈 채 삼천 명의 포로들을 노려보았다.

지난 사흘 동안 전향한 병사가 고작 백여 명에 불과할 정도로 저들은 골수 헥토르의 병사들이었다. 매국노에 불과한 그를 따른다는 것에 혐오스런 감정을 갖는 것이다.

"들어라!"

"......"

"너희들의 목에 착용한 것이 무엇인지 궁금할 것이다. 하긴 나 같아도 궁금할 테니 착용한 너희들이야 당연하겠지. 그건 바로 노예의 인장이 걸려 있는 목걸이다."

"뭐요?"

"이런 개자식들!"

포로들이 거세게 반발을 일으켰다. 금세라도 폭동을 일으킬 것 같은 기세를 보이자 이안이 검을 뽑아 들었다.

"닥쳐라! 체이스 제국에 나라를 팔아먹으려는 헥토르의 개들에게 이 정도는 과분한 처사다! 네놈들은 더 이상 락토르의 병사가 아니고 매국노다! 알아들었냐!"

강렬한 투기를 발산하는 이안의 기세에 포로들이 움찔했다. 그리고 그가 말한 매국노라는 말에 고개를 저었다.

"우리는 매국노가 아니요! 영웅이신 헥토르 후작 각하를 음해하려는 세력으로부터 영웅을 구하려는 것이란 말이요!"

한 서전트가 불을 뿜어내듯이 항변했다. 그러나 이안은 싸늘한 조소를 날리며 그에게 말했다.

"매국노가 아니면 이제껏 싸운 체이스 제국에게 기간트를 어떻게 지원 받았지? 그리고 락토르의 것인 마나석 광산을 왜 체이스 제국의 쓰레기 같은 놈들에게 넘긴 것인가? 고작 1군단의 지휘권을 내어놓으라고 한 것이 그렇게 음해하는 거였나? 국왕 전하에게 머리를 숙이는 것이 그렇게 어려워서 반란을 일으켰나? 말해보라! 네놈이 영웅이라고 말하는 헥토르 그자는 매국노가 아닌가?"

쩌렁쩌렁 울리는 목소리가 포로들의 귀를 사정없이 후려쳤다. 아니, 귀를 통해 들어온 목소리가 그들의 심장을 강하게 진동시켰다.

"으으, 그것은……."

"왜 대답이 없는가? 체이스 제국의 기간트를 지원받지 않고 락토르 왕국 내에서 반란에 성공할 수 있다고 생각했나? 그랬다면 너는 진짜 멍청이로구나!"

"아아……!"

대들던 서전트는 고개를 숙일 수밖에 없었다. 지금까지 그 누구도 그런 사실을 이야기해 주지 않았다. 그저 락토르의 국왕과 귀족들의 실정으로 영웅인 헥토르 후작을 죽이려 하는 것에 싸워야 한다고 말해줬을 뿐이다.

"어리석은 작자들아! 네놈들이 한 일이 무엇인지 아느냐!"

"……."

"나라를 팔아먹고 영웅인 척 세상을 속인 헥토르 그자의 감언이설에 속아 네놈들이 나고 자란 이 나라를 배반한 것이다! 지금 이 순간에도 나는 네놈들을 죽이고 싶다! 그러나 이 나라 락토르의 백성이었다는 것에 참는 것이다! 알았느냐!"

포로들은 머리를 숙였다. 도저히 믿을 수 없는 사실을 들었지만 겉으로는 부인해도 속으로는 그게 사실임을 인정하기 시작했다.

"위대한 마나의 힘이여, 나에게로 오라!"

후우우우웅!

이안이 아레나의 던전에서 가지고 온 최상급 인공 마나석에 손을 댄 채 외치자 마나가 급격하게 몰려들었다.

"마나의 위대한 이름으로 명하노니 노예의 계약을 완성시켜라! 슬레이브 컨트랙트!"

후우우웅! 휘류류류류류!

마나의 기운으로 명령이 내려지자 최상급 마나석의 모든 마나가 뿜어져 나가 계약 마법진이 새겨진 목걸이로 스며들어 갔다.

스팟! 파팟! 파파파팟!

밝은 빛이 터져 나오고 목걸이의 마법진이 활성화되자 병사들은 몸 안으로 스며드는 이상한 기운에 치를 떨었다.

"노예의 인장이 활성화되었다! 이제 너희는 그 목걸이에 피를 떨어뜨린 사람이 죽으면 따라서 죽게 될 것이다! 그게 누구인지는 말하지 않겠다!"

"으으……."

"매국노 헥토르를 처단하는 전쟁에 참여하라. 그리하면 반란이 진압되는 그때 너희들에게 걸려 있는 그 목걸이를 제거해 주겠다."

"그, 그게 정말입니까?"

"물론이다. 너희들이 전향을 거부하고 매국노의 편을 들었기에 개목걸이를 걸었을 뿐이니까."

"하아, 싸우겠습니다."

"저도 싸우겠습니다."

노예로 전락해 버린 포로들이 앞을 다투어 싸우겠다고 외쳐댔다.

"흥! 우리는 헥토르 후작 각하를 믿소. 죽더라도 후작 각하를 위해 죽을 것이오!"

한 서전트가 콧방귀를 날리며 헥토르를 위해 싸우겠다고 말했다. 그러자 몇몇 그의 뜻에 동조하는 자들이 나타났다.

'훗! 안 그래도 본보기가 필요했는데 잘됐군.'

이안은 독심을 품고 그 서전트를 향해 손을 뻗었다.

"그래? 그럼 죽어야지. 터져라!"

후웅! 퍼엉!

이안의 손가락이 지목한 그 서전트는 목에 걸린 목걸이가 터져 나가며 그대로 목 없는 시체가 되어 쓰러져 버렸다.

"다음은 누구냐? 나오라! 매국노를 죽이는 것은 그 얼마라도 내가 직접 죽일 것이다!"

고오오오오!

이안의 전신에서 뿜어져 나오는 강렬한 투기와 마나의 상승작용으로 엄청난 포스가 풍겨졌다.

"으으……."

"정말 죽일 줄이야……!"

죽은 서전트의 의견에 동조했던 몇몇 이들은 그 공포스런 모습에 겁을 먹고 뒤로 주춤주춤 물러섰다.

"쥐새끼 같은 놈들! 네놈들이 그렇게 믿는 신념을 위해서 죽을 용기도 없는가! 그런 놈들이 무슨 군인이고 전사란 말이더냐! 다 나가 죽어라, 이놈들!"

지독한 독설에 병사들은 더 이상 저항할 엄두를 내지 못했다.

"자신이 옳다고 생각하는 것은 당연히 목숨을 걸고 해야한다. 그런 의미에서 죽겠다고 나선 그를 죽이는 것은 당연하다. 그는 목숨으로 헥토르를 믿었고, 나는 내가 믿는 이 나라락토르를 위해 그를 죽였다. 그런데 너희들은 무엇을 믿느냐? 헥토르냐, 아니면 너희들의 조국 락토르냐! 지금 너희들은 선택해야 한다. 그것이 무엇이든 너희들의 뜻대로 될 것이다. 이제 다시 묻겠다! 너희는 무엇을 선택하겠느냐? 너희 부모와 형제들이 살아갈 조국이냐, 아니면 조국을 저버린 헥토르냐?"

이안의 물음에 병사들은 아무런 말도 하지 못했다. 이안의 말대로라면 헥토르는 락토르 왕국을 배반한 반역자였고, 자신들이 들은 바대로 하자면 락토르는 그런 영웅을 죽이기 위해 믿음을 저버린 배신자였다.

"위정자는 해마다 바뀐다. 하지만 너희들이 나고 자란 락토르는 계속되어야 한다. 그걸 명심하도록!"

이안은 그렇게 말한 후 병사들에게 수신호를 보내 포로들을 동굴로 몰아넣게 했다.

썰물처럼 빠져나가는 병사들은 처음 연병장으로 왔을 때와는 너무도 달라진 모습을 하고 있었다.

그것이 꼭 개목걸이, 즉 노예의 인장이 각인된 목걸이를 하고 있어서만은 아니었다.

가슴속에 깊숙이 박혀든 이안의 말이 끊임없이 그들을 괴롭혔기 때문이다.

"히유! 진짜 한 방에 보내 버릴 줄은 몰랐다."

"마, 그런 말을 뭐하러 해. 이안의 마음도 좋지 않을 텐데."

토리가 놀랐다는 듯이 말하자 안드레아가 토리에게 면박을 줬다. 그가 생각하기에도 죽인 이안의 마음이 좋지는 않을 것이기에 그에 대한 배려를 해주는 것이다.

"괜찮아. 그 정도로 나약하지는 않으니까."

"독한 새끼. 뭐 누군가는 해야 할 일이었으니까. 네가 이해해라. 내 말투가 원래 이런 거 알잖아."

"후후! 알고 있으니까 놔두는 거다. 안 그랬음 진즉에 두들겨 팼을 거야."

"뭐? 으음, 앞으로는 조심해야겠는걸. 저 독한 놈이 작정하고 달려들면… 으휴! 생각만 해도 끔찍하네."

분위기를 풀어주기 위해 농담을 하는 친구 녀석의 말에 고마움을 느끼며 이안이 주지시켜야 할 사항에 대해서 이야기했다.

"너희들한테 뽑아간 피를 뿌려서 만든 아이템이니까 너희들이 죽으면 저 노예병이 된 자들도 함께 죽는다. 그러니까 절대 죽지 마라. 알았냐?"

"크크! 알았다. 내 질긴 생명력을 발휘해서 꼭 살아남을 테니까 염려 말라고."

"그래, 너라면 벽에 똥칠할 때까지 살 거다. 그건 내가 장담한다. 흐흐흐!"

토리의 농담에 맥컬리가 받아쳤다. 그러자 발끈한 토리가 장난 식으로 어깨를 밀며 아웅다웅하는 모습을 보였다.

작전 명령서에 나와 있는 보급대의 행렬이 체이스 제국을 넘어 락토르의 국경 안쪽으로 들어섰다. 그들의 선두에는 급

히 텔레포트 마법으로 합류한 로베르트와 강인해 보이는 중
년의 귀족이 함께하고 있었다.

"흠, 벌써 락토르 왕국이로군."

휴고스 폰 마르틴 백작으로 라펠러 공작가의 봉신이자 공
작가의 나이트급 기간트인 아르곤의 라이더였다. 출력 2.4의
괴물인 아르곤은 체이스 제국의 황실 마탑에서 만들어낸 나
이트급 기간트 열한 대 중에서 가장 뛰어난 수작으로 평가받
는 기체였다.

"곧 헥토르 후작의 군대가 마중을 나올 겁니다, 백작님."

"크크! 로베르트 자네는 이곳에 몇 번 왔었다지?"

"끄응! 그, 그런 셈이지요."

로베르트는 지난 방문에 겪은 그 치욕이 다시 떠올라 자신
도 모르게 분노의 몸서리를 쳤다.

"저기 오시는구만."

라이더용 슈트를 입고 있는 백작과 몇몇 라이더가 뒤로 빠
지고 그 자리로 수송단의 단장을 맡은 장교가 나섰다.

"어서 오십시오. 1군단 보급단장을 맡고 있는 레스틴 대령
입니다."

"반갑습니다. 체이스 제국 남부 전단의 미첼 휴런트 중령
입니다."

두 사람은 말 위에서 인사를 교환하고 난 후 몇 마디 더 주

고받았다.

"자 그럼 인수인계를 시작할까요?"

"그럽시다. 프리먼 마스터 서전트!"

"네, 단장님!"

"인수인계를 시작하라."

"충!"

마스터 서전트와 상급 서전트들이 대거 몰려나와 기간트 캐러밴에 한 대씩 올라탔다. 그리고 전수 검사가 끝나갈 때 미첼 중령이 인수단의 레스틴 대령에게 말했다.

"저기 계신 분은 라펠러 공작가의 마르틴 백작님이십니다. 제국 최고의 라이더 중에 한 분이시죠."

"그러시군요. 한데 그런 분이 왜 이런 곳에……."

"아! 지난번 마나 광산에 관한 일은 알고 계십니까?"

"으음, 들은 기억이 있습니다."

"그때의 일로 라펠러 공작 전하께서 무척이나 화가 나신 모양입니다. 직접 그 이안 레이너라는 자를 잡아서 죄를 묻기를 원하십니다."

"아, 그렇군요."

"해서 드리는 요청입니다."

"요청이라……. 말씀하십시오."

"마르틴 백작님과 라펠러 공작가 소속의 블루소드 기간트 부대가 귀 측의 영역으로 진입하는 것을 허가해 줄 것을 요청합니다. 이것은 그것을 위한 협조 공문입니다."

"잠시만 기다려 주십시오. 군단장님께 보고를 올리고 가부 간의 결정을 받아오겠습니다."

"그렇게 하시지요."

아무리 살기 위해 체이스 제국과 손을 잡았다지만 타국의 기간트 부대가 락토르의 영토로 들어오는 것을 쉽게 허락할 수는 없었다. 자칫 저들이 배후를 공격하여 배신을 할 수도 있는 일이니 다각도로 검토해야 하는 일이었다.

"어떻게 될 거라고 생각하나?"

"당연히 들어줄 겁니다. 저들의 전력으로는 이안 레이너 그자를 잡지 못할 테니까요. 백작님의 손을 빌려서라도 잡으려고 할 겁니다."

로베르트의 단언에 마르틴 백작은 자신의 생각도 같다는 것에 씩 웃고 말았다.

"저기 오는군요."

"그러게. 한참을 마법 통신으로 떠드는 거 같더니만."

두 사람은 블루소드 라이더 대원들과 함께 머물며 허가가 떨어지기를 기다렸다. 물론 허가가 떨어지지 않는다고 해도 상관없이 헬카이드의 배꼽 지역으로 밀고 들어갈 것이기는 했다.

"군단장 각하의 허락이 떨어졌습니다. 요청을 허가합니다."

"고맙습니다. 그럼 전 이만 돌아가도록 하겠습니다."

"편히 돌아가시길 바랍니다."

두 보급 책임자들은 인수인계를 마치고 상부의 재가까지 받고 난 후에야 발걸음을 제각기 돌렸다.

마르틴 백작과 로베르트는 보급품을 인계 받아 가는 레스틴 대령의 부대와 함께 편안하게 헬카이드의 배꼽이 있는 작전 지역으로 행군할 수 있었다.

"로크 제국 독자적으로 조사를 하겠다는 겁니까?"

"물론이오. 락토르 왕국은 지금 1군단의 반란으로 그 지역을 잃은 상태이기에 합동 조사를 할 대상이 아니라 판단했소."

"그건 아니지요. 반란이 일어난 지역인 것은 맞지만 그곳을 지키고 있는 이안 레이너 경은 지난 전투에서 반란군의 6사단을 완파하고 훌륭하게 해당 지역을 사수하고 있습니다."

"이보시오, 훌리오 외무성장!"

"말씀하시지요, 카펜트 후작 각하!"

"귀국의 조사단은 도대체 어느 곳을 통해서 조사 지역으로 갈 생각이시오?"

"그거야 당연히 귀국의 협조를 얻겠다고 말씀드리지 않았습니까? 물론 그게 어렵다면 소수의 조사단을 워프 마법으로 이동시키는 방법도 있습니다."

"하긴 그런 방법도 있겠구려. 한데 말이오. 이거 아시오?"

"뭘 말씀이십니까?"

"흐흐! 체이스 제국의 라펠러 공작가의 블루소드 기간트 부대가 락토르의 영토로 넘어갔다는 거 말이오."

정보력에서 뒤지는 락토르의 외무성장으로서는 처음으로 듣는 말이다. 하지만 이런 이야기가 나왔을 때는 그들이 무슨 목적으로 들어왔을지 뻔했다.

"설마……."

"맞소. 그들이 노리는 것이 헬카이드의 배꼽! 바로 이번 조사를 위해서 아국의 기간트 부대가 들어갈 그곳이란 말이오! 이안 레이너 그 젊은 기사가 아무리 대단하다고 해도 버틸 수 없을 거요."

"으음, 잠시 기다려 주십시오. 본국에 보고를 하고 다시 오도록 하지요."

"그렇게 하시오. 하지만 시간을 무작정 줄 수는 없소. 우리도 모레 카린 후작과 그 휘하의 기간트 부대를 투입하기로 했으니 말이오."

"그전에 옵니다. 반드시!"

두 거대 제국의 기간트 라이더의 최고수라고 불릴 수 있는
이들이 출동하는 작전이 되어버렸다. 그리고 그 휘하의 기간
트 부대라면 이안 레이너가 버틸 수 있을지 확신할 수 없었
다.

11장

장난 좀 쳐끌까?

락토르 왕궁은 외무성장인 홀리오 백작의 보고에 발칵 뒤집어졌다. 체이스 제국에서 손꼽히는 라이더인 마르틴 백작과 그 휘하의 기간트 부대가 투입된 작전이다.

그것에 대항하기 위해 로크 제국이 카린 후작과 로크 제국 삼대 기간트 부대로 손꼽히는 레드울프 부대를 투입했다는 보고 때문이다.

"우리도 기간트 부대를 투입해야 합니다. 이대로 손 놓고 두 제국이 갈라먹는 것을 두고 볼 수는 없습니다."

"맞습니다. 강력한 힘을 보여줘야 할 때입니다."

귀족들이 이구동성으로 맞불작전을 외쳐댔다. 하지만 현실적으로 그렇게 하는 것이 쉽지만은 않다는 것이 문제였다.

"조용하라!"

국왕의 잔뜩 굳은 목소리에 귀족들의 입이 급격히 다물어졌다.

"정보국장!"

"신 마스체라 백작 대령이옵니다."

"마르틴 백작과 그 휘하의 기간트 부대에 대해서 고하라."

"마르틴 백작은 라펠러 공작가 소속의 가신으로 최상급 라이더이옵니다. 그가 모는 기체는 나이트급의 아르곤으로 알려졌으며 그 휘하의 부대원들도 워리어급의 라페스트로 구성되어 있사옵니다."

"나이트급의 아르곤과 워리어급으로 이루어진 기간트 부대라……. 하면 우리 왕국에서 그들과 맞설 수 있는 기간트 부대가 있는가?"

"근위병단이 나서야 할 것으로 아옵니다, 전하."

근위병단이 나서야 한다는 말에 귀족들은 침중하게 안색이 굳어져 버렸다. 왕국 최고의 부대인 근위병단은 왕도를 지키고 왕가를 수호해야 할 임무를 지닌 부대이다.

그들이 투입되어야 한다면 갑작스런 공격에 왕도가 무너질 수도 있다는 말이다.

처음 특작부대를 투입하여 헬카이드의 배꼽에 있는 마나석 광산을 홀로 차지할 욕심을 부린 것에 비하면 처절한 자아성찰을 한 것이라 할 수 있었다.

"이게 현실이다! 이게 바로 고가 다스리는 이 나라 락토르의 현실이란 말이다!"

락토르 국왕의 침통한 외침에 귀족들은 머리를 조아릴 수밖에 없었다.

"부왕 전하!"

단 아래에는 세 명의 왕자가 귀족들과 함께 도열해 있었다. 그중 가장 어린 축에 속하는 이왕자 아레스 왕자가 부르자 국왕은 아들에게로 시선을 돌렸다.

"무슨 할 말이라도 있는 게냐?"

"소자를 이안 레이너 경이 있는 곳으로 보내주시옵소서. 소자가 가서 합동 조사를 하고 최대한 아국에 이득이 되도록 만들어보겠사옵니다."

"호오! 아레스 네가 말이더냐?"

"그러하옵니다. 왕자인 제가 왕국의 어려움을 모른 척하고 있어서는 안 될 것이라 사료되옵니다. 미력한 힘이나마 보탬이 되고자 함이오니 부디 허락하여 주시옵소서."

이왕자 아레스가 강한 어조로 이야기하자 락토르 국왕은 만면에 흡족한 미소를 지었다. 분명 어려움이 산재해 있을 것이고 위험천만한 곳이다. 그런 곳으로 왕자의 몸으로 들어가 왕국의 어려움을 해결하고 오겠노라 자청한 아들이다. 그런 아들을 보는 아비의 마음에 그 어떤 순간보다 기쁘고 흐뭇한 미소가 흐르게 만들었다.

"아레스 왕자, 너의 뜻은 가상하지만 그곳은 너무 위험한 곳이다. 자칫 네가 붙잡히기라도 하는 날에는 그 어떤 상황이 닥칠지 알지 못한다. 하니 너의 청은 불허하도록 하겠다."

"하오나 부왕 전하, 누군가는 반드시 해야 할 일이옵니다. 그곳에 있는 이안 레이너 중령의 나이도 소자의 연치와 같다고 들었사옵니다. 그런 그도 반란군과 싸우기 위해 검을 들고 목숨을 내걸고 있다지 않사옵니까? 소자 또한 사내이고 이 나라 락토르의 기사이옵니다! 부디 보내주시옵소서!"

다시 한 번 간곡하게 청하자 락토르 국왕의 표정이 어느 정도 변화를 일으켰다.

"아우의 청을 허락하시옵소서, 부왕 전하!"

아직 왕세자의 책봉을 받지 않은 상황이기에 락토르의 국왕 후계는 복잡하게 얽히고 꼬인 상황이었다.

국왕이 워낙 건강하고 정력적으로 일하는 터라 문제가 터지지 않았지 그게 아니라면 진즉에 왕자들 간의 다툼으로 번졌을 것이다.

"란세르, 그리 말할 때는 무슨 뜻이 있을 것이다. 그 뜻을 말해보아라."

"누군가 가야 한다면 왕가가 솔선수범하는 모습을 보일 필요가 있사옵니다. 젊은 영웅이라 치켜세우고 있는 이안 레이너 중령의 부대가 지키고 있고 왕실 마탑의 이실리스 후작님이 동행한다면 최소한의 안전을 보장될 것이니 안위에 대한 걱정은 하지 않으셔도 될 것이라 생각합니다."

"흐음, 정녕 그런 뜻으로 한 말이더냐?"

"주신께 맹세코 사실이옵니다."

"그러하다 하니 내 믿어주도록 하겠다. 그리고 아레스 이왕자는 들어라."

"하명하시옵소서, 부왕 전하!"

"이번 임무는 무척이나 중요하다. 그러니 성심을 다해서 해결하고 오도록 하여라."

"소자 충심으로 임무를 완수하고 돌아오겠사옵니다!"

아레스 이왕자가 대답하자 락토르 국왕은 반쯤 걱정 어린 시선으로 둘째 왕자를 바라보았다.

아무리 귀족들과 권력 싸움에 미친 국왕이지만 그도 아들을 둔 아비였고, 장한 일을 하러 가는 아들에 대한 걱정으로 속을 끓이는 것이다.

─그렇게 알고 준비를 해주게.

"네? 그게 정말이십니까? 아레스 이왕자 저하께서 이곳에는 무슨 일로……."

—체이스 제국의 마르틴 백작과 블루소드 기간트 부대가 투입되었네. 로크 제국은 카린 후작과 그 휘하의 기간트 부대가 가고 있고 말일세. 그러니 우리 쪽에서도 그에 맞는 인사가 가야 해결이 나지 않겠나. 그래서 아레스 이왕자 저하께서 자원하셨네. 그러니 귀관의 임무가 그 무엇보다 중요하다고 할 것일세.

"으음, 알겠습니다. 그런 뜻으로 오신다면야 만전을 기하도록 하겠습니다."

—부탁하네. 물론 이실리스 후작께서 같이 가시니 유사시에는 이왕자 저하와 이실리스 후작께서 피할 수 있는 시간만 벌어주면 되는 거야. 귀관의 부대가 희생하더라도 그래야 하네. 알겠나?

'이런 개만도 못한 새끼들을! 빌어먹을!'

이안은 알렉세이 후작이 하는 명령에 울화가 치밀어 올랐다. 유사시에 이왕자와 이실리스 후작이 같이 싸우지는 못할망정 그들을 탈출시키기 위해 전 병력을 희생시키라는 뜻이다.

"알겠습니다."

—그럼 내일 귀관이 알려준 좌표로 이실리스 후작의 워프

마법진이 연결될 것이니 그리 알고 준비하게.

"충! 명을 받들겠습니다."

―그래, 그럼 수고하게나.

통신이 끝나자마자 이안은 분노를 참지 못하고 수정구가 놓인 테이블을 걷어차 버렸다.

"빌어먹을 새끼들! 그냥 공간의 틈에 가둬버릴까 보다! 크아아!"

괴성을 지르며 통신실에서 나오는 이안을 본 친구들이 어깨를 으쓱거리며 무슨 일인지 서로를 향해 물었다. 그러나 어떤 일인지 모르는 친구들은 고개를 가로저으며 모르겠다는 표정만 지어 보였다.

"무슨 일이 있는 거냐? 왜 그렇게 성질을 내고 지랄인 건데?"

결국은 총대를 멘 사람은 토리였다. 평소의 지랄 같은 말투를 유감없이 발휘하며 이안에게 화를 내는 이유를 물었다.

"크크! 아주 지랄 맞은 명령을 받아서 그런다."

"지랄 맞은 명령? 어떤 명령인데?"

"내일 이 임시 요새로 무려 이왕자 저하께서 오신단다. 그것도 왕실 마탑의 탑주인 이실리스 후작 각하와 함께."

"뭐? 그 무슨 말도 안 되는 말이 사실이냐?"

"사실이니까 이러고 있지."

이안은 왕자가 오는 것 따위는 신경도 쓰지 않았다. 다만 부하들을 모두 희생시켜서라도 그를 지키라는 그 명령에 뿔이 나 있는 것이다.

"제기랄! 이러고 있을 때가 아니잖아!"

"뭐가?"

"사단장도 아니고 군단장도 아니고… 무려 왕자다, 왕자!"

"그게 뭐?"

"왕자가 오는데 요새 청소도 하고 애들 꽃단장도 시켜야 하는 거 아냐? 선배들이 그렇게 안 하면 아주 작살난다고 한 말 못 들었어?"

"크크크! 정신 챙겨, 인마! 지금은 전시야! 그리고 여긴 임시 요새라서 대충 어질러 놓는 것이 더 낫다고!"

토리가 허둥거리며 하는 말에 맥컬리가 딴지를 놓았다. 그러자 대충 생각해 보던 토리도 그 말뜻을 이해했다는 듯이 '아항!' 하며 고개를 끄덕거렸다.

"왕자가 온다고 화를 낸 것은 아니지 싶다만. 뭐가 그렇게 불만인 거냐?"

안드레아가 조용하게 물어오자 이안은 썩은 조소를 날리며 대답했다.

"만약의 사태가 벌어지면 부하들을 모두 사지로 몰아넣고서라도 왕자를 탈출시키란다. 그것도 무려 왕국의 마탑주인

마도사 이실리스 후작과 함께 있는 왕자를 말이다."

거창하게 이실리스 후작에 관해 이야기하는 이안의 말에 모두는 점점 미간을 모으고 얼굴이 붉게 달아올랐다.

생사를 넘나들며 싸우는 병사들과 그들을 지휘하는 기사들에게 내릴 명령은 절대 아니란 것이 모두의 생각이었다.

"야! 그 새끼들 조져 버릴까?"

"큭! 푸하하! 토리야, 청소해야 한다며? 애들 꽃단장도 시키고 말이야."

"이런, 내가 그런 명령이 있었는지 알았냐? 그냥 우리가 수고한다고 왕자 저하, 아니다. 왕자 새끼… 님이 위로 차 방문하는 줄 알았지."

"이안, 어떻게 할 생각이냐?"

"어떻게 하긴 뭘 어떻게 해? 하던 대로 해야지. 혹시 모르니까 맥컬리 네가 별동대 애들 데리고 호위를 맡아라. 해줄 수 있지?"

"염병! 그런 일은 꼭 나 시키더라. 별수 없는 거지?"

"그런 거지. 그렇다고 왕자 새끼 찾는 토리를 시킬 수는 없잖아."

"크큭! 그래, 알았다. 내가 맡으마."

친구들 중에서 가장 기사다운 모습을 갖춘 이가 맥컬리였다. 우선 커다란 투핸드소드를 다루는 기사답게 체구가 가장 컸고 듬직해 보이는 외모도 갖추고 있었다. 누가 보더라도 왕국에 충성하는 우직한 기사로 보일 것이다.

"좋았어. 호위는 맥컬리의 별동대가 맡기로 하고, 티모시 너는 정찰대를 조금 더 풀어야겠다."

"왕자가 온다고 정찰을 더 하라는 거냐?"

"그건 아니고, 왕자가 온다면서 체이스와 로크 제국의 상황도 알려주더라. 체이스에서 마르틴 백작과 블루소드 기간트 부대가 온다고 하니 대강은 알고 있어야 할 거 같아서 말이다."

"블루소드 기간트 부대면… 뭐 하는 놈들이냐?"

"무식한 새끼. 체이스 제국 삼대 기간트 부대 중에 하나가 블루소드다. 그 지휘관인 마르틴 백작은 최상급의 라이더고."

"오~ 그 정도면 대단한 놈 맞는 거지?"

"그렇지. 왜 땡기냐?"

"흐흐! 두말하면 잔소리. 우리가 때려잡자고! 어때?"

토리는 마르틴 백작과 그 기간트 부대를 때려잡을 욕심에 앞뒤 안 재고 동의를 구했다.

"불가!"

"나 역시 마찬가지."

맥컬리와 안드레아가 고개를 저으며 거부했다.

"잉? 이안 너는 어때?"

"나도 피할 수 있으면 피하고 싶다."

이안은 처음부터 그들과 맞서고 싶은 생각이 없었다. 마르틴 백작과 블루소드 기간트 부대가 오는 이유가 다름 아닌 마나석 광산을 조사하기 위함일 거라 생각했기 때문이다.

'로크 제국에서 오는 카린 후작과 그 부대가 있으니 우리를 어부지리를 취해야 한다. 그 길만이 아군의 피해를 최소화하면서 승리할 수 있다.'

아직은 자신의 생각을 말할 수 없어서 그저 피해야 한다고만 이야기했다.

"아무튼 싸우는 것은 나중에라도 할 수 있으니까 우선은 닥친 일부터 해결하자고."

"쳇! 리더가 시키면 따를 수밖에. 난 뭐 하면 되냐?"

"마나 코어를 아이언핸드 님께 전했으니 곧 샤베른 열한 기가 더 들어올 거다. 아마 오늘 중에 오지 싶은데."

"정말? 흐흐흐! 애들이 아주 좋아하겠는데?"

샤베른 열한 기가 더 들어오면 총 열여덟 기의 샤베른을 가지게 되는 셈이다. 어지간한 기간트 부대가 밀려와도 요새에서라면 능히 지킬 수 있는 전력이 구축된 것이라 친구들 모두 기쁨의 미소를 지었다.

"나머지는 지금까지 하던 일을 계속하도록 하고."

"알았다. 근데 넌 뭐 할 거냐?"

"나는 마동포 때문에 드워프 마을에 좀 다녀올 생각이다."

"그래? 그럼 저녁때는 올 거지?"

"물론. 그전에 와야지."

"이따 보자고, 친구!"

토리를 선두로 친구들이 우르르 빠져나가자 이안은 드워프 마을로 향했다.

"우선 자네가 준 설계 도면대로 만들었네."

아이언핸드가 보여준 마동포의 기본 뼈대는 훌륭했다. 포신의 길이는 3.3미터에 두께 32cm로 만들어졌고, 기본 마법으로는 에어블래스트 마법이 오 중첩되어 각인되어 있었다. 활성화에 성공하고 볼트를 연결하듯 끼우기만 하면 되는 거라 샤베른에 장착하면 아주 멋진 물건이 나올 것 같았다.

"포탄은 어떤 것을 쓰는 거죠?"

"일단 만들어놨네. 저기 있구만."

아이언핸드가 가리킨 곳에는 지름 30cm 정도의 강철로 만들어진 철환이 쌓여 있었다.

"꽤 무겁겠군요."

"아무래도 그렇지. 한 20km쯤 되지 싶네만."

오 중첩의 에어블래스트 마법이 포신 안에서 추진력을 만들어내고 그에 의해서 날아가는 방식인 마동포이기에 그 위력은 꽤나 강할 것이다.

"일단 마법 활성화를 해보도록 하죠. 그다음에 시험 사격을 해보면 알 수 있겠죠."

"어서 해보게. 흐흐! 나도 사실 저놈이 어떤 위력일지 그것이 궁금해서 밤잠을 설쳤다네."

"후후! 마찬가집니다."

이안은 에어블래스트 마법이 걸린 포신의 마력부에 마나를 주입했다. 얼마 전 가까스로 5클래스에 오른 터라 약간의 무리는 따르지만 활성화시키는 것에는 무리가 없었다.

"마나의 이름으로… 마법이여, 깨어나라! 액티베이션!"

후우웅! 휘스스스슥!

마법이 활성화되며 마법 동력부의 마법진이 밝은 빛을 한 차례 뿜어냈다 사그라졌다.

"다 됐습니다."

"그래? 그럼 어서 끼워봐야지. 자, 조립하도록!"

"네, 족장님!"

드워프 장인들도 호기심으로 눈을 빛내며 마동포의 조립에 나섰다. 무거운 강철로 만들어진 포신을 도르래를 이용해서 들어 올린 후 두 명의 드워프가 달려들어 포신을 끼워 넣었다.

"다 됐습니다."

"흐흐! 그럼 어서 끌고 밖으로 나가자. 어서!"

아이언핸드가 주동이 되어 마동포를 바퀴가 달린 운반대에 올린 후 곧장 바깥으로 밀고 나갔다. 십여 명의 드워프가 달려들자 그 무거운 마동포가 무리 없이 움직이는 것에 이안은 혀를 내둘렀다.

"저기다 쏘면 되네."

아이언핸드가 가리킨 곳은 헬카이드의 배꼽의 북동쪽 절벽으로 체이스 제국의 영토에 해당하는 부분이었다. 거리는 약 3km 정도 떨어져 있기에 거기까지는 날아가지 않을 것이다.

"후후! 딱 좋군요. 그럼."

이안은 드워프 장인들이 끌고 온 운반대에서 철환 하나를 집어 들고 포신의 앞쪽에 밀어 넣었다.

"이걸 쓰게."

긴 막대기에 끝이 포신의 굵기와 같이 만들어놓은 물건이다. 그걸로 철환이 끝부분에 들어가도록 쑤셔 넣은 후 이안은 마법 동력부에 손을 가져다 댔다.

"후우!"

유난히 긴장되는 것은 어쩔 수 없었다. 처음으로 만들어낸 마법 동력포, 즉 마동포 1호기의 시범 사격인 것이다.

"마나 주입! 타깃 확인! 마법 가동! 가동 확인! 1호 완료! 2호 완료! 3호……!"

웅! 웅! 웅! 웅! 웅!

총 다섯 번의 마법진의 가동 음이 울리자 이안은 우렁찬 외침을 토해냈다.

"마동포 발사!"

콰아아아아아앙! 쎄에에에에엑!

엄청난 굉음을 동반한 마동포는 쏘는 이안도 깜짝 놀랄 정도로 대단했다. 그 무거운 포신이 뒤로 주르륵 밀려나고 밝은 빛의 마법력이 뿜어져 나오는 포신을 통해서 검은 빛살이 허공을 가르며 날아갔다.

"우와아아아!"

"대, 대단해!"

"이런 엄청난 광경을 보게 되다니! 으하하하!"

드워프들은 거의 1km 가까이 날아가 거대한 거목을 부러뜨리는 철환의 위력에 환호작약했다.

'정말 대단한 위력이다! 저 짧은 포신을 가지고 저런 위력을 보이다니!'

로크 제국의 마동포가 포신의 길이만 10m에 이르는 거포라는 것을 아는 이안은 마동포의 위력이 보여주는 결과에 내심 만세라도 부르고 싶은 심정이었다.

"정말이지, 이런 괴물이 존재할 줄은 미처 몰랐네. 이런 물건이 있었다면 우리 일족이 제파스 때문에 그런 고통을 당하지 않아도 됐을 것인데 말일세."

아이언핸드는 제파스 때문에 죽어간 일족을 떠올리며 눈시울을 붉혔다.

"이 마동포의 중량은 어느 정도나 되는 겁니까?"

"재보지 않아서 정확한 것은 모르지만 저 정도면 200kg 정도일 걸세."

장인 종족인 드워프의 눈대중은 거의 정확하다고 봐야 했다. 그들은 평생을 철을 다룬 이들이기에 대강의 모습만으로 무게를 파악할 수 있었다.

"이동식 운반대를 쓴다고 해도 상당한 무게로군요. 인간들은 거의 고정식으로 써야 할 정도네요."

"그럴 테지. 하지만 샤베른이 있지 않나."

"샤베른에 장착해서 사용하는 방법을 생각한 것은 사실이지만 마동포를 최대한 많이 만들 생각입니다. 마동포의 단점 때문에 샤베른에 장착해도 그리 효용성이 크지는 않거든요."

"단점? 그게 뭔가?"

"바로 연사 속도가 문제입니다. 에어블래스트 마법진에 마법력이 다시 모이는 속도 때문에 아무리 빨리 쏜다고 해도 일분에 두 발이 고작일 겁니다. 거기다 철환을 재장전하는 시간도 걸리겠죠?"

"아, 그런 문제가 있었구만. 거기까지는 생각하지 못했네."

"그래서 샤베른에 장착하는 것은 단발성으로 적 기간트를 무너뜨릴 때 사용하는 것이 최선입니다. 그것도 최대한 근접해서 피할 수 없게 만들어야겠죠."

"으음, 샤베른으로서는 목숨을 걸어야 할 문제가 되겠군."

샤베른의 단점은 마나 코어의 출력이 너무 낮다는 것과 기간트의 라이딩이 손으로 조작해야 한다는 것이다. 거의 원시적인 수준의 기간트라고 해야 할 샤베른이었으니 적 기간트와 맞붙는다면 일 대 일로는 필패였다.

"일격필살을 노리는 수밖에 없습니다. 탑재한 마동포로 일격을 가하고 적이 무력화된 순간을 노려 부수는 것, 그것이 샤베른은 승리하는 공식이 되겠죠."

"허허! 말이 쉽지 움직이는 기간트를 맞추는 것이 어디 쉬운 일인가?"

"전략에서 가장 큰 전략이 뭔지 아십니까?"

"나는 장인이라 그런 것에는 문외한에 가깝네. 그러니 자네가 답을 알려주게나."

"후후! 간단합니다. 적이 감당할 수 없을 정도로 많은 병력으로 밀어붙이는 거죠. 제아무리 철옹성이라고 해도 같은 수성 병력의 열 배 이상의 병력으로 밀어붙이면 깨지기 마련입

니다. 물론 반대의 경우도 있습니다만… 그런 경우는 극히 드
뭅니다."

　자신과 휘하의 병사들이 6사단을 이겨낸 것은 그만큼 운이
따르고 라피드라는 적이 모르는 최강의 기간트가 존재했기에
가능했다.

　그게 아니라면 아마도 그때 임시 요새는 함락당하고 병력
의 대부분이 그곳에서 몰살당했을 것이다.

　"일단 몇 대나 만들어졌는지 알 수 있을까요?"

　"주물로 제작하는 것이라 그리 어려운 것은 아니었다네.
마법진을 새기는 것이야 내 마누라와 일족의 여편네들이 다
해냈고 말이야."

　세공에 해당하는 마법진을 새겨 넣는 일은 여성 드워프들
이 힘을 합해서 무척 빠르게 만들어냈다. 이안을 좋아하는 여
성 드워프들은 누가 시키지 않아도 밤을 새워가며 작업에 매
달리는 열성을 보여주었다.

　"도합 스무 기의 마동포를 만들 수 있네. 물론 마법진을 깨
우는 일은 자네가 해야겠지만 말일세."

　"그것은 당장이라도 할 수 있습니다."

　"그런가? 그럼 바로 시작하지. 아참, 열 기의 마동포는 우
리 일족이 갖겠네. 앞으로 생산되는 마동포의 반은 우리 일족
을 위해서 쓸 것일세. 그래도 되겠나?"

"물론입니다. 제가 따로 도울 일은 없습니까?"

"도울 일이라…… 허허! 샤베른에 장착한 마나 코어를 만드는 것 좀 신경 써주게. 어린아이들이 아주 난리도 아니라서 말이야."

"아, 죄송합니다."

이안은 아이언핸드와 그 일족의 드워프들이 개인 샤베른을 가지고 싶어한다는 것을 잘 알고 있었다. 몬스터들이 판을 치는 이곳에서 기간트를 가진다는 것은 곧 생존을 의미하기 때문이다.

"부탁하겠네."

"네, 틈틈이 만들어서 보내드리겠습니다."

이안의 대답에 흡족한 미소로 화답한 아이언핸드는 다시 마동포를 조립하는 작업에 직접 소매를 걷어붙이고 뛰어들었다.

구구구구구구궁!

로베르트의 안내를 받아 마나석을 잠채하던 리오스 강의 수원으로 기간트 캐러밴이 속속 들어섰다. 체고 12m의 나이트급 기간트인 아르고를 태운 것이라 무척이나 느릿하게 움직였지만 인간이 달리는 정도의 속도는 나오기에 하루 종일 운용하면 최대 700km를 운행하는 괴물과도 같은 운반 수단이었다.

"정지!"

캐러밴의 선두에서 마르틴 백작이 손을 들어 정지 신호를 보냈다. 답답한 캐러밴에 탑승한 채 이동하는 것을 싫어하는 백작은 유난히 하얀 갈기털을 지닌 콜라보세 종의 전투마에 탄 채다. 라이더 특유의 슈트를 입은 그는 캐러밴에서 내려 주위로 다가오는 부하들에게 명령을 내렸다.

"이곳에 숙영지를 설치한다! 캐러밴을 숨기도록!"

"명!"

블루소드 기간트 부대는 총 열여덟 대의 워리어급 기간트인 라페스트를 기본으로 석 대의 나이트급 기간트로 이루어져 있었다. 단장인 마르틴 백작의 아르고와 그보다 출력이 떨어지지만 역시 나이트급의 기체인 라페스트였다.

워리어급 기간트를 만드는 비용의 다섯 배는 더 비싼 나이트급이 석 대나 있기에 실제 전력은 워리어급의 기간트 서른 대 이상이라고 봐야 할 정도로 막강했다.

"로베르트!"

"부르셨습니까?"

"그 드워프들이 있다는 곳이 어디지?"

"저 북동쪽입니다. 그러니까 저쪽입니다."

손가락으로 죽은 수하들이 쫓아갔던 방향을 가리켰다. 헬카이드의 배꼽이 있는 곳이기에 대강의 위치는 맞을 것이다.

"확실하겠지?"

"무, 물론입니다. 리오스 강이 이어지는 곳을 보아도 확실합니다."

"믿어주지."

백작은 씽긋 웃으며 말한 후 몇몇 부하들을 손짓으로 불렀다.

캐러밴을 지키기 위해 같이 온 기사들과 병사들이 숙영지를 만드는 동안에도 그의 부하들은 서로 이야기를 나누며 웃고 있었다.

"단장님 찾으셨습니까?"

도합 다섯 명의 부하가 달려왔고, 그들은 하나같이 은색의 라이딩 슈트를 입고 있었다.

"왔으니 인사를 해야 하지 않겠나?"

"인사요? 흐흐! 누구에게 말입니까?"

"그야 당연히 그 드워프들과 이안 레이너라는 그 락토르의 어린 애송이지 누구겠나."

"그런 거라면 저희들이 모셔야죠. 가시죠."

"기간트에 탑승하도록!"

"명!"

조장급의 기간트 라이더들이 자신들의 전용 기간트에 올

라타자 마르틴 백작 역시 지금의 자신을 만들어준 기간트, 대륙이 이십여 대밖에 없는 나이트급의 기간트인 아르고에 탑승했다.

—탑승 완료! 마스터, 환영합니다! 동화율 체크! 70%… 80%… 94% 체킹 완료!

"좋군. 오늘도 신나게 달려보자, 아르고!"

—마스터의 뜻대로!

기이이잉! 철컹! 철컹!

아르고는 마르틴 백작의 의지를 받아들여 거대한 몸체를 일으켰다. 은백색의 아르고의 동체는 지금껏 본 그 어떤 기간트보다 강해 보였고, 그 움직임이 너무도 자연스러웠다.

마치 기사가 걷는 것처럼 부드럽게 이어지는 움직임은 곧 마르틴 백작의 라이딩 기술이 완성되어 있다는 것을 의미하는 것이다.

뎅! 뎅! 뎅! 뎅!

마동포를 조립하는 드워프들의 마을에 비상 타종이 울렸다. 그 종소리에 놀란 드워프들은 급히 무기를 집어 들고 마을 입구로 몰려나왔다.

'무슨 일이지? 몬스터들이 이곳을 공격하지는 않을 텐데.'

드워프 마을은 그들이 가지고 있는 대형 발리스타와 크로스보우로 주위의 몬스터들을 훌륭히 막아냈다. 덕분에 이곳은 드워프들의 영역으로 인식되고 있어서 어지간하면 침략을 받지 않았다.

"무슨 일인가?"

아이언핸드가 비상 타종을 한 드워프에게 묻자 그는 무척 다급한 목소리로 보고했다.

"그것이 말입니다! 기간트가 나타났습니다, 족장님!"

"기간트라니? 무슨 기간트가 나타났다는 거야?"

아이언핸드는 기간트가 나타났다는 보고에 당황했다. 6사단이 공격한 것이 며칠 전의 일인데 그새 적들이 다시 침략해 왔다는 것이 믿어지지 않는 것이다.

'설마… 그 마르틴 백작과 블루소드 기간트 부대가 벌써 왔다는 건가?'

이안은 기간트라는 말에 그들을 떠올렸다. 그들이 왔다면 수백 미터의 절벽도 그다지 힘든 길은 아닐 것이란 생각이 들었다.

"일단 가보죠."

"마동포를 가져가세. 자네 혹시 아공간 가방을 가지고 왔나?"

"물론입니다. 어디를 가더라도 항상 챙기는 물건이니까요."

"잘됐군. 준비하세."

아이언핸드가 조립을 끝내고 활성화까지 마친 마동포를 가리키며 아공간 가방에 넣으라고 재촉했다. 이안은 그것들을 챙기며 입꼬리를 살짝 말아 올렸다.

'후후! 한번 깜짝 놀라게 해주는 것도 나쁘지 않겠군.'

마동포를 실전에서 쓰는 나라는 로크 제국이 유일했다. 비록 요새에 걸어놓고 쓰는 고정식이지만 그것 때문이라도 체이스 제국과 싸움을 붙일 수 있다는 생각이 들었다.

"후후! 그럼 장난 좀 쳐볼까?"

이안은 최강의 라이더라는 마르틴 백작과의 첫 대면을 아주 재미난 싸움으로 만들 생각이다. 그리고 그것이 체이스와 로크 두 거대 제국의 싸움으로 번진다면 그야말로 금상첨화이다.

『이안 레이너』 3권에 계속…

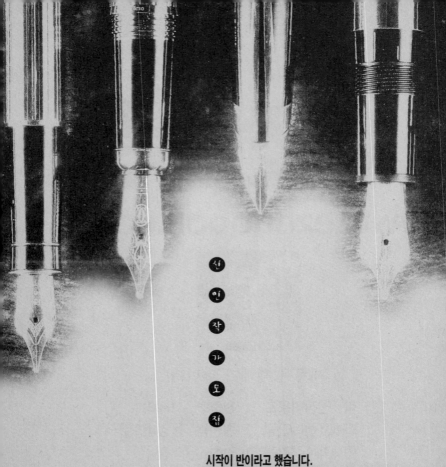

신 인 작 가 모 집

시작이 반이라고 했습니다.
작가의 길에 대한 보이지 않는 벽을 과감히 깨뜨리십시오!
청어람은 작가 지망생 여러분들의
멋진 방향타가 되어드리겠습니다.

저희 도서출판 청어람에서는
소설 신인 작가분들을 모집합니다.
판타지와 무협을 사랑하시는 분들의 많은 참여를 바랍니다.
소정의 원고(A4용지 150매)를 메일이나 우편으로 보내주시면
검토 후 출판 여부를 알려드리겠습니다.

주소: 경기도 부천시 원미구 심곡2동 163-2 서경B/D 2F 우편번호 420-822
TEL: 032-656-4452 · **FAX:** 032-656-4453
http://**www.chungeoram.com**
e-mail: chungeoram@chungeoram.com